T0294000

Cantan los gallos

Para Marina y Natalia, hechiceras

Editorial Bambú
es un sello de Editorial Casals, SA

Tel. 902 107 007
editorialbambu.com
bambulector.com

Diseño de la colección: Miquel Puig
Ilustración de cubierta: Pere Ginard

Quinta edición: octubre de 2020
ISBN: 978-84-8343-129-0
Depósito legal: M-756-2011
Printed in Spain
Impreso en Anzos, SL, Fuenlabrada (Madrid)

MARISOL ORTIZ DE ZÁRATE

CANTAN LOS GALLOS

EDITORIAL

Uno: Melusiana

Capítulo 1.º

Melusiana y La Nena llevaban huyendo mucho tiempo. ¿Cuánto? La Nena no se acordaba. Haciendo un cálculo retrospectivo y en vista de su cansancio, ella pensaba que más o menos desde siempre. La realidad no era exactamente así, pero La Nena no tenía muchos años y sus recuerdos se agotaban pronto.

La huida había comenzado semanas atrás, o tal vez meses, cuando Melusiana tuvo que empezar a esconderse. Al principio tan solo fue eso, esconderse; hoy aquí, mañana allá; unas veces refugiada en alguna casa amiga, otras en los bosques tan conocidos por ellas, o en las grutas que se desperdigaban protectoras por las laderas de los altos montes pirenaicos de su bellísima Navarra. Algunas otras personas se escondían también. Eran por lo general asaltadores de caminos, estafadores, ladrones de ganado, y Melusiana, cuyo único delito era sanar cuerpos enfermos, tenía que mezclarse con ellos. Cuando pasaba el peligro salía, regresaba con La Nena y reanudaban ambas la vida normal, aunque no por mucho tiempo.

Y cierto día, cansada de tanto ocultarse, Melusiana dijo «basta». Cargó un hatillo y dos alforjas con las pocas cosas que poseían y partieron rumbo al sur, donde se sintieran menos presionadas.

Ahora caminaban por tierras de Castilla. Para dejar Navarra atrás habían recorrido a pie toda su extensión, montañosa y agreste en el norte, donde las grandes masas forestales las cobijaron; más suavizada en el sur, comiendo a su paso hortalizas y frutos de su fértil huerta. Habían atravesado el río Ebro (frontera natural entre Navarra y Castilla) por uno de sus viejos puentes; habían cruzado sin apenas dificultad la línea de aduana que separaba ambos reinos y habían sorteado por los valles las empinadas montañas Ibéricas. Tras todo ello y exceptuando la aparición esporádica de suaves collados y lomas, los caminos se volvían planos y monótonos, transformando el paisaje por completo.

Anochecía y debían buscar un lugar donde dormir. La primavera continental, fría y seca, que dejaba atrás un crudo invierno, se colaba con sus agujas penetrantes por cada uno de sus poros, y después de haber caminado durante toda la jornada ya no notaban los pies.

Una pequeña caseta de madera y paja parecía abandonada allí, a lo lejos. Se acercaron. Podía ser un pajar, un silo o simplemente un establo, daba igual, porque al abrir la puerta comprobaron que estaba vacía. Además quedaba lejos del pueblo al que pertenecía y Melusiana y La Nena se miraron esperanzadas; con un poco de suerte esa noche dormirían a cubierto, lo que no era precisamente habitual.

Melusiana y La Nena entraron. La ausencia casi total de agujeros o ventanas (salvo un pequeño orificio de ventilación y la reducida puerta), hizo que tuvieran que examinar el recinto casi a tientas. Nada había allí, o al menos nada con vida. Solo un fuerte olor a ganado impregnaba el ambiente haciéndolo espeso y fétido, y tal vez peligroso.

–No te quites el calzado –aconsejó Melusiana–, será más prudente dormir con él.

El *calzado* se componía de un gran número de tiras de paño anudadas alrededor de los pies y recubiertas por sencillas alpargatas de cáñamo trenzado.

–¿Por qué? –preguntó la niña–. ¿No estamos seguras?

Melusiana olisqueó el aire con su olfato prodigioso.

–Puede que no, aquí han guardado ganado recientemente y en cualquier momento pueden volver. No me gustaría salir corriendo descalza. En cuanto se anuncie el sol, partiremos.

La mujer y la niña se acomodaron y comieron de las provisiones que guardaban en una de las alforjas: pan seco, queso rancio, agua de un pellejo. Qué rico sabía todo con hambre, ni siquiera molestaba el fuerte olor de la paja pisoteada y manchada de excrementos de animales. Luego La Nena se acurrucó en el suelo y recostó su cabeza sobre el estómago tibio de Melusiana. Los pies ya no le dolían, poco a poco habían entrado en calor.

Melusiana le deshizo las trenzas y mientras llegaba el sueño le acariciaba las crenchas onduladas de cabello. Era cobrizo, salvo una mecha rubia que partía de la frente dibujando una pincelada de luz.

–Cántame esa canción para dormir que me cantabas de pequeña, Melusiana.

Melusiana tenía una voz áspera que, curiosamente, se suavizaba y dulcificaba cuando cantaba.

Cantan los gallos,
yo no me duermo
ni tengo sueño...

Melusiana repetía una y otra vez esta sencilla estrofa, cambiando en cada ocasión de tonadilla. Bien agudizaba las notas en ascendencia gradual, como agravaba la voz o estiraba las vocales dando a la canción cadencia de salmo.

Era excepcional que llegando a la segunda repetición La Nena aún se mantuviera despierta.

A la mañana siguiente, en cuanto el sol despuntó, reanudaron la marcha. Decidieron tomar una ancha cañada que discurría en muchos trechos paralela a un camino principal, lo más aconsejable para eludir salteadores. Y lo más cómodo también, teniendo en cuenta el carácter hospitalario de las gentes de aldea que transitaban las cañadas y que facilitaría que acaso algún alma caritativa se apiadara de dos mujeres caminando solas y les ofreciera viajar en carro.

–En unas pocas jornadas nos ponemos en Valladolid –dijo Melusiana escudriñando el horizonte–. Puedes creerme, ¡lo huelo!

La Nena se quejaba, protestaba, preguntaba a cada poco:

–¡Ay! ¿Cuánto queda para llegar?

Normalmente Melusiana contestaba: «Poco, mi niña, poco», pero ahora consultó su tosco mapa, elaborado por ella sobre un pergamino, seguramente con la ayuda de algún amigo aficionado a la cartografía.

–Apenas diez o doce leguas –resolvió al cabo de un rato.

La Nena calculó en silencio.

–Dos días de camino entonces.

–O tres, a más tardar. Depende de la marcha. –Luego se rascó aparatosamente la cabeza hurgando con sus dedos bajo la toca que, anudada alrededor de su cabello a la manera montañesa, le confería el distintivo, sin serlo, de una mujer casada–. Allí descansaremos en condiciones, hija. Nos lavaremos y despiojaremos a placer.

La Nena se rio de buena gana y como presa de contagio, se rascó ella también.

Melusiana y La Nena se dirigían a Cádiz, al sur. Allí no existía el invierno. Tampoco el viento gélido que arañaba la cara, ni la nieve (la horrible nieve) que ocultaba los caminos bajo su helado tapiz. Las mujeres vestían ropas multicolores de telas ligeras y además, en Cádiz, estaba el mar. Melusiana ya lo conocía. Una vez lo había visto, tan solo, y no era el mar de Cádiz, sino otro similar, pero no paraba de alentar los ánimos de La Nena hablándole de sus prodigios.

A menudo le decía:

–Cuando estemos en el mar, tiraremos esas viejas alpargatas que te aprietan y las olas te mojarán los pies. Has de saber que allí las niñas van descalzas y llevan ajorquitas de oro reluciente en los tobillos.

O bien:

–En cuanto sientas la arena caliente, oye esto bien, pequeña, en cuanto la sientas en un primer contacto, el cielo bajará a tus pies y todos tus dolores desaparecerán porque ellos son producidos por este condenado frío montañero.

La Nena imaginaba Cádiz como un paraíso de luz y calor y no creía que hubiera nada en el mundo que fuera mejor que el mar.

Poco a poco se iban acercando a Valladolid y al hacerlo, extensos campos de cultivo, muchos en barbecho según el sistema de «año y vez», surgían junto a pastos y páramos de encinares. Cierto es que la cañada estaba resultando cómoda, ancha como era, y llana, muy llana. Sin embargo ningún carretero se dejó ver en el trayecto. Solo pastores de andar parsimonioso que con el cayado en la mano y la zamarra de piel sobre los hombros trashumaban con sus rebaños. Ocasionalmente se toparon también con algún peregrino que caminaba en dirección contraria, vía Burgos, para tomar allí la ruta de Santiago. Con los pastores se saludaban y a veces intercambiaban algunas palabras, siempre pocas, pues Melusiana era desconfiada por naturaleza y prefería el silencio que le garantizaba discreción e independencia, a una conversación, si no amiga, cuando menos entretenida.

La Nena en cambio odiaba la soledad, se le hacía dura e insoportable. Ella era alegre y comunicativa y siempre estaba dispuesta a entablar nuevas relaciones.

–No me gusta que hables con desconocidos, niña –la reprendía a menudo Melusiana–. Estamos viviendo situaciones inciertas y engañosas. La gente miente, falsea su identidad, disimula. Nunca sabes con quién te puedes topar.

La Nena rara vez se rebelaba.

–Sí, Melusiana.

–Y recuerda que nos persiguen; ea, no estamos aquí de feria.

–No, Melusiana.

–¿Te has olvidado ya de la Ludmila? ¿Y de la Micaela? Pobres. Buena tierra las cubra. Aunque ¿a qué sanadora no se le muere un enfermo? Pero me dijeron bruja y ahora tú y yo tenemos que escapar y que pagar por ello.

–Tienes razón, Melusiana, lo tendré en cuenta.

–Que nunca se te vaya esto de las mientes. Hay mucha gente ignorante, supersticiosa, y cuando el diablo no tiene nada que hacer, con el rabo mata moscas, así lo decía mi abuela. Y cuando estemos seguras en Cádiz y te asalte la tentación de intimar con mozos o mozas de la ralea que fueren, recuerda por qué huimos y todo lo que estamos pasando por huir; quizá así consigas mantener quieta la lengua.

La Nena sonrió, porque siempre le hacía gracia lo del diablo y el rabo y las moscas.

–Sí, sí, de acuerdo. Por la memoria de mis difuntos que no lo olvidaré.

–Bendita la tierra que los tapa –concluyó Melusiana con enorme seriedad, y dieron por finalizada la charla.

Capítulo 2.º

Melusiana había dicho «basta» dos o tres semanas atrás, cuando las graves acusaciones de sus vecinos se hicieron especialmente hostigadoras.

La cosa había sucedido así: con un intervalo de tiempo de tan solo tres días, dos mujeres habían muerto en sus manos, dos mujeres jóvenes y robustas, que aparentemente no presentaban peligro. Una de parto, la Ludmila; la Micaela de disentería. Se le fueron cuando intentaba ayudarlas con sus remedios de herbolaria, los únicos que conocía y con los que se ganaba la vida. No eran sus primeras defunciones ni hubieran sido las últimas entre una población insalubre con falta de higiene endémica, donde las personas y las bestias compartían suelo y respiraban aire común. Pero dos defunciones en tres días... Melusiana, además, no era demasiado popular entre sus vecinos, tenía fama de ocultista, de rara, y el pueblo entero la sentenció. La maldijeron, la llamaron bruja, inventaron algunas cosas sobre ella y exageraron otras, las calumnias corrían de boca en boca, crecían como la masa del pan, se multiplicaban. Aquello trascendió a la autoridad local, formada al fin por los propios vecinos del pueblo, y más tarde a la comarcal y a la de distrito; su mala fama traspasó fronteras. Fue por aquella época, por tanto, cuando Melusiana tuvo que empezar a esconderse, desaparecía durante los días que se presentaban peligrosos y La Nena la esperaba en la fría casa de piedra, con el miedo y la incomunicación como únicos compañeros. Sola. Aterida y sola. No encendía el fuego, no salía a la calle, apenas se alimentaba. Por eso Melusiana, cansada de tanto esconderse, cierto día dijo «basta».

Pero ahora de pie, mirando de frente la extensa y deforestada meseta castellana, se preguntaba si había hecho lo correcto arrastrando a la niña inocente con ella.

–Apura el paso hija, o no llegaremos nunca a Valladolid.

Melusiana y La Nena procuraban caminar juntas, al paso. Con frecuencia se enzarzaban en largas y sencillas conversaciones. Si la niña se rezagaba, la mujer le tendía una mano y cargaba con su alforja para aligerarle peso. Otras veces, para que La Nena se olvidara del cansancio, Melusiana le contaba historias, historias de sus antepasados o de los antepasados de otras personas, historias en las que la realidad y la imaginación tenían un presencia semejante.

–Cuéntame una historia, Melusiana –pedía la niña con voz apagada.

–Oh, sí, por supuesto. ¿Cuál quieres?

–Cualquiera. La que tú prefieras.

La mujer meditaba unos instantes, luego se aclaraba la voz y adoptaba pose de oradora. Muy a menudo contaba la historia de su abuela, egregia sanadora de fama reconocida en todo el valle e incluso en valles colindantes, que enseñó a Melusiana cuanto sabía del oficio de herbolaria. Y a la abuela se lo enseñó su propia abuela, y a esta la suya, y así sucesivamente a través de tantas generaciones alternas de antepasadas que heredaban el don de sanar y después, en contacto permanente con la naturaleza, los conocimientos necesarios para ello.

–Fui separada a los nueve años de mi madre y de mis seis hermanas –contaba Melusiana–, todas mujeres, y adiestrada en el arte de las sanadoras. Sí, ya sé lo que estás pensando, que si no sentí dolor al dejar a mi madre y a mis hermanas. La respuesta es no, querida niña, y no porque no las quisiera, sino porque mi futuro estaba marcado y designado desde mi nacimiento –y aquí, Melusiana, se ahuecaba como un pavo–. Sí, mi abuela fue mi maestra. ¡Y qué maestra! En cien años que viva no encontraré otra igual, ni tampoco una mujer de su talla. Cuando acudía a sanar siempre llevaba consigo una faltriquera de hule, muy desgastada, en la que guardaba algo misterioso. Olía a tierra, te lo aseguro, ya conoces mi olfato. Yo tenía prohibido tocarla. Y cuando le preguntaba por su contenido ella contestaba que no me lo podía decir porque aún no había llegado el tiempo de los legados. Pero vayamos a la historia. Veamos: corría el año... bueno, tú acababas de nacer, así que hace ahora doce años de eso. Sucedió que en el valle vecino hubo por entonces un brote de tifus. Terrible, querida niña, brutal. Mi abuela fue allí, la reclamaron para sanar, su fama era muy grande. Yo no la acompañé porque tenía que cuidar de ti y era la primera vez desde que estaba con ella que mi abuela marchaba sola. También era la primera vez que se olvidaba la faltriquera en casa, nunca supe por qué. Estuvo varias semanas en el valle. El tifus se propagaba con rapidez alarmante y para colmo los niños venían al mundo sin parar. Mi abuela no daba abasto. Un día empezó a sentirse mal, con fuertes dolores de cabeza y fiebre. Estaba poniendo emplastos de flor de saúco a una enferma, para hacerla sudar como ya sabes, y los familiares de la casa, al notar su fatiga y los escalofríos, quisieron apartarla de allí para que descansara y se repusiera, pero ella respondió que de la cabecera de aquel lecho solo la sacaban con su trabajo terminado o muerta. A los pocos días apareció la erupción, se había contagiado. Me la devolvieron en un carro, casi inconsciente, no era ni la sombra de lo que fue. Venía a morir a casa. Pero tuvo tiempo de explicarme el misterio de la faltriquera: «Esta faltriquera guarda tierra de la sepultura de mi difunta abuela –me dijo con aquella voz extenuada que no logro olvidar–. Es un amuleto. Llevarla conmigo me ha evitado no pocos contagios. Ahora tú debes extender esta tierra sobre mí, cuando muera, para que mi espíritu se una al de mi abuela y me acompañe en el viaje final. Y a cambio llenarás la faltriquera con tierra de mi sepultura. Y darás orden de que hagan lo mismo a tu muerte. Será tu talismán. No lo olvides, tu talismán. Llévalo siempre contigo, te protegerá».

»Quise preguntarle por qué en el que fue su último trabajo no llevó la faltriquera, pero no dio tiempo, murió. Se me ocurren varias razones para justificar lo que hizo: que tuvo un despiste; que yo ya no estaba sola en la vida, pues te tenía a ti y por lo tanto no la necesitaba; o que se sentía mayor y muy cansada y quiso poner fin a su vida de manera digna. Cualquiera de estas repuestas puede valer. O ninguna. Mientras la enterraban yo te apretaba a ti contra mi cuerpo, y cegada por el llanto y la pena juré recordar siempre su memoria. No olvidé el ritual que me había encomendado y aunque lo hice a oscuras, muy de noche, acaso alguien me vio y eso engrosaría en buena medida mi ya funesta leyenda.

Melusiana siempre terminaba más o menos de la misma forma el relato, mostrando la faltriquera, y con frases casi idénticas que ella, además, sabía dramatizar.

La Nena se sorbió una lágrima. Una oscura historia, pero decididamente su historia predilecta.

Lejos aún, pero nítida y soberbia, se apreciaba la silueta de Valladolid.

Capítulo 3.º

Se había echado la noche cuando llegaron a Valladolid y accedieron a su interior por la puerta norte. Teas y antorchas iluminaban precariamente las calles y en diversos rincones ardían pequeñas hogueras. Todo ello producía sombras y claroscuros fantasmagóricos, pero esa fue la primera impresión de la villa que Melusiana y La Nena recibieron.

Nada más entrar se toparon con una casa de postas en la que los relinchos de los caballos alborotaban a una hora que debería ser tranquila.

–Vamos, hija, vamos –dijo Melusiana tirando de la niña que se sentaba en cualquier piedra saliente que encontraba–. Aquí nos darán información sobre fondas o casas de huéspedes. ¿Te imaginas una rica cena y un barreño lleno de agua calentita? ¿Y qué me dices de una cama limpia y mullida?

–¿Pero existe realmente todo eso? –respondió La Nena, exagerando.

Melusiana llamó a la puerta de la casa de postas, golpeando ruidosamente la aldaba. Abrió una desaliñada mujer, gruesa y achaparrada como un añejo tocón, vestida con una saya de dos piezas de calidad tan inferior que a su lado la ropa de Melusiana parecía incluso buena. Lo cual ya era ser inferior. Llevaba en la mano una lámpara de aceite.

–Buscamos una fonda, un lugar donde dormir –dijo Melusiana después de realizados los saludos–. Pararemos una noche o dos, lo necesario para reponernos y reanudar viaje.

–Si vuestras mercedes no tienen inconveniente, pueden pernoctar aquí –ofreció educadamente la mujer gruesa y baja–. Aparte de casa de postas, esto es también posada–. Y señaló, sacando el cuerpo hacia fuera, un letrero clavado en la pared que lo indicaba y que con la oscuridad habría sido imposible ver.

Melusiana y La Nena se dirigieron una rápida mirada. La posada en cuestión no ofrecía buen aspecto y ellas, después de tantos días de precariedad forzada, habían planeado algo mejor, pero no eran remilgadas y además, tampoco estaban en situación de serlo.

–Tengo cocina de leña encendida y caldero de potaje al fuego –añadió la mujer–. Puedo también, si lo deseáis, ofreceros un buen vino para beber.

Aquello terminó de convencerlas. Si el sueño y el cansancio eran grandes, no digamos el hambre.

En menos de lo que se tarda en decirlo ya tenían adjudicada una alcoba y ahora cenaban en una mesa de madera, amplia, con bancos corridos y en compañía de varios comensales más. Melusiana los observaba detenidamente con sus ojos intuitivos mientras compartía con ellos el potaje a base de legumbres y carne que la mujer de la posada ofrecía, y mientras bebía de aquel sabroso vino sin mezclar con agua propio de la zona. Parecían gente inofensiva, simples viajeros que paraban en la posta para cambiar su caballo fatigado por otro fresco y recién alimentado, nada que temer.

–Ah, Leona, tu casa daría asco si no fuera por este magnífico vino ante el que me descubro –dijo uno.

La tal Leona no hizo ningún comentario.

–¿Cómo va tu marido? ¿Sale o no sale adelante de su enfermedad?

Leona arrugó el ceño.

–No, maldita sea. Por mi vida que no sé qué le está minando. Hasta un físico de Tordesillas le ha visto, pero lo suyo no remite.

El grupo entero se enzarzó entonces en una conversación sobre la salud del marido de Leona.

Melusiana también participaba de la charla aunque más oyendo que hablando, dada su habitual prudencia y dado también su limitado conocimiento del idioma castellano.

–¿Y qué decís que tiene? ¿Abscesos? ¿Calentura? –preguntó con indiferencia, solo para no parecer desconsiderada.

–Sí, de todo –respondió la mujer abatida–. Y lleva semanas así. A veces parece que mejora un poco, pero enseguida le ataca una nueva recaída.

–Mi ama sabe curar, ¿verdad Melusiana? –exclamó La Nena de pronto–. Seguro que puedes reconocerle...

El puntapié que la niña recibió por debajo de la mesa hizo que enmudeciera de golpe, y debido al dolor intenso le brotó una lágrima que ella se dio prisa en retirar con el puño cerrado.

–¡Oh! –dijo entonces Leona acercándose a Melusiana–. ¿Es eso verdad? No sabéis lo que agradecería...

–No, no es verdad –contestó Melusiana secamente–. La chiquilla exagera.

La Nena ahora callaba como una muerta. El resto de los comensales miraba a las dos mujeres con curiosidad descarada mientras masticaban y tragaban pedazos de carne. Leona insistió. Casi suplicaba cuando dijo:

–Por favor, señora, estoy desesperada, probaría cualquier cosa.

–He hablado en serio. No puedo ayudaros, lo siento.

Melusiana se levantó de la mesa; La Nena detrás. Qué otra cosa debían hacer si habían terminado su cena. Costaba esfuerzo abandonar el banco corrido, tan pesado y recio que parecía clavado al suelo. Y luego sortear comensales repantigados que no parecían dispuestos a colaborar. Pero lo consiguieron.

–Si nos disculpáis... –dijo Melusiana antes de abandonar la estancia, que era zaguán, cocina y sala, todo a la vez–. Buenas noches.

Nada más entrar en la alcoba que les habían designado, La Nena rompió a llorar. Melusiana no pensaba consolarla, no inmediatamente al menos. Se había ido de la lengua, y eso, en su situación, era grave, muy grave.

–¡Sanadora, partera, bruja...! ¡Qué más da! ¡Para la gente ignorante todo es lo mismo! –farfulló agitando los brazos al aire.

Luego, algo más calmada, abrió su alforja y extrajo de su herbolario unas ramitas de espliego que se acercó a la nariz, inspirando.

–Esto no es lo que se dice un palacio –comentó desnudándose–, y además huele a rayos, pero la cena ha sido cena y la cama, bien se ve que es cama– y hundió las manos en ella para comprobar su comodidad–. El barreño de agua caliente tendrá que esperar –luego se dirigió a La Nena–: ¡Oh, vamos! ¿Vas a dejar de llorar? Anda, acércate, siéntate a mi lado.

La Nena obedeció. Melusiana comenzó a desabrocharle el vestido y a deshacerle las trenzas. Después, metidas en la cama, la mujer procedió a contar su dinero, unas pocas monedas al fin, que guardaba en una bolsita de cuero.

–Cuartos y ochavos de vellón.... Algún que otro maravedí y dos reales de plata. ¡Bah! Nada de valor; puede decirse que nada.

Hacía un rato que La Nena había dejado de llorar, pero todavía hipaba compungida, y en silencio seguía con los ojos los movimientos de Melusiana. Ahora la mujer buscaba algo entre lo más profundo de sus carnosos pechos y al encontrarlo se le trazó en la cara una amplia sonrisa.

–¡Ajá! Aquí está: nuestro tesoro –dijo mostrando una gruesa y dorada moneda–. Media onza de oro, querida niña, todo un capital. Los ahorros de una vida. La he mantenido escondida por los robos, ya sabes. Pensé que era más prudente llevar el dinero en una sola pieza pero ha llegado la hora de utilizarlo y mañana buscaremos un banquero para que nos la fraccione. Debemos equiparnos un poco antes de proseguir viaje. ¿Nos alcanzará para llegar al sur? Oh sí, supongo que sí, e incluso para abrirnos camino y comenzar una nueva vida. Son muchos maravedíes media onza de oro. Claro que, tendremos que limitar los gastos, habremos de ser comedidas. ¿Cuántas semanas tardaremos en llegar a Cádiz? ¿Cinco tal vez? Ah, Cádiz... He oído decir que allí se cultivan sicómoros traídos del lejano Egipto para el alimento de los gusanos de seda. ¡Seda! ¿Habrán tocado tus manos algo más delicado? Pues bien, querida niña, lo primero que tendrás cuando lleguemos al sur es una sayita de seda con cuentas de colores y abalorios de terciopelo.

Melusiana guardó la media onza de oro en la bolsa de cuero, junto a las otras monedas menores, con la intención de fraccionarla al día siguiente, según había planeado, en la casa de un banquero. Luego la mujer y la niña se dispusieron a dormir muy juntas, como siempre, para reunir en la medida de lo posible, calor.

Se levantaron tarde. La alcoba de la posada, un cuchitril irregular de paredes mohosas y mal encaladas, no tenía ventana y ellas estaban acostumbradas a despertarse con los primeros rayos de sol. Se vistieron y salieron al zaguán. Leona recogía la gran mesa que hacía un rato había sido utilizada, pero nadie quedaba ya en la casa, salvo ella y el marido enfermo en una habitación contigua que ahora se dejaba ver por estar la puerta entreabierta. De allí salían quejidos tan agudos que quebrantaban el ánimo.

No pudo ignorarlo Melusiana y le dirigió una rápida mirada al pasar junto al umbral, comprobando que, como había dicho Leona durante la cena, el aspecto del marido era lamentable. Luego se despidieron de ella hasta la noche y salieron.

Lo primero que supieron de Valladolid fue que no era tétrica ni fantasmagórica como en un principio imaginaron, sino alegre, abarrotada de gente y de casas, y llena de luz. Pasearon un buen rato, no tanto por encontrar un banquero como por explorar *la muy noble y rica villa*[1], o algo así había oído Melusiana sobre ella, ahora no recordaba dónde. Pronto descubrieron que estaba regada por dos ríos que en cierta forma la circundaban; ancho y caudaloso uno, llamado Pisuerga; más estrecho el otro, la Esgueva, pero de aguas límpísimas que propiciaban buenas huertas y pastos a su alrededor. Este pequeño río favorecía además la limpieza de Valladolid, pues tres brazos salían de él y buscando su desembocadura en el Pisuerga, atravesaban la villa transversalmente, atenuando con su curso constante algo de la suciedad y los malos olores que como cosa natural se producían.

En la judería, al norte de la villa y muy cerca de la casa de postas, pasearon extasiadas por sus populosas y apretadas callejuelas, gremiales la mayoría, donde se respiraba una intensa actividad comercial. Herreros golpeaban el metal ardiente en el yunque, tintoreros coloreaban pieles con cochinilla, grafito o corteza de alcornoque; los panaderos amasaban la harina hinchada de levadura que lue-

1. Valladolid no fue proclamada ciudad hasta unos años después, durante el reinado de Felipe II, que, según D. Juan Antolinez de Burgos en su *Historia de Valladolid* la ennobleció con el título de ciudad.

go sería pan. En una de esas calles un grupo de personas convertía, siguiendo los pasos paulatinos, un vellón de lana recién esquilado en su producto final, es decir, en paño, y La Nena se rezagaba mirando aquello con la curiosidad desbordada de un neófito.

–Estamos en tierra de ovejas, de lana –sentenció Melusiana doctamente–. ¿No te has fijado al venir en las dehesas y en los páramos?

Es posible que en la judería hubieran encontrado algún banquero, pero ahora Melusiana y La Nena, con los sentidos perturbados por el gozo, era en lo último que pensaban.

Un poco más al sur, cruzando dos de los brazos del río Esgueva, se toparon con un mercado. Era un mercado grande y variado, mercado de villa principal. Los distintos comerciantes ofrecían todo tipo de alimentos y utensilios, tejidos y calzado, prendas confeccionadas listas para usar. Había incluso leñadores que vendían su leña para hacer fuego, cosa que llamó la atención de ellas poderosamente, pero aquello no era el valle, el bosque quedaba lejos y pronto comprobaron que era normal que existieran.

La mujer y la niña observaban todo arrebatadas. Cualquier pequeña baratija o quincalla tenía interés para ellas.

–Mira, hija –decía por ejemplo Melusiana– qué hermoso calzado para tus pies. Se llaman chapines. Una dama rica que tuve que visitar tenía unos. Pero, ¿te atreverías a caminar con su alta suela?

O también:

–¿Y estos sombreros? ¡Qué maravilla! Mandaría al diablo tu pañoleta y mi toca ante una preciosidad semejante.

De pronto un delicioso aroma les llegó tentador y con aspecto de instalarse de manera permanente. Procedía de un tenderete cercano en el que una joven moza freía tortas dulces en espumosa manteca, ayudándose de una paleta. Y ellas estaban sin desayunar.

–¡Ay Melusiana, tortas! –dijo La Nena relamiéndose–. ¿Sabrán tan ricas como las que tú me solías hacer?

Melusiana sonrió.

–Vamos a comprobarlo.

Se acercaron al puesto con dificultad, esquivando el tumulto de gente que abarrotaba el mercado, con las manos fuertemente enlazadas para no perderse. Cuando lo consiguieron, Melusiana preguntó el precio.

–Blanca y media la unidad; un maravedí el par. Se ahorra vuestra merced una blanca llevando el par.

Tenía razón la moza, dado que un maravedí se componía de dos blancas y, bien pensado, era ventajoso llevar el par, pero Melusiana pidió una tan solo. Tomaría un trozo de la de La Nena y sanseacabó.

La Nena atrapó golosamente la torta dulce que la tendera del puesto le ofrecía y Melusiana sacó la bolsita de cuero. Al abrirla, las monedas tintinearon y la media onza de oro refulgió, ostentosa, en el fondo de la bolsa.

Pero fue visto y no visto. Una mano ágil se apoderó de la bolsita de cuero, con tanta rapidez y destreza que para cuando se dieron cuenta, el dueño de la mano ágil había desaparecido entre la gente.

Y ni siquiera habían pagado la torta.

La primera reacción de Melusiana fue gritar.

–¡Al ladrón, al ladrón! ¡Nos han robado! ¡Se llevan nuestras monedas!

La muchedumbre las miraba, se acercaba; algunos las rodeaban, intentaban ayudarlas. Pronto Melusiana comprendió que alborotar en un sitio tan grande y tan repleto no iba a devolverles su dinero, muy al contrario, lo único que habían conseguido con ello era revolver al gentío dificultando así la búsqueda del ladrón. Melusiana sopesó asimismo las posibilidades que existían de que, si seguían llamando la atención, soldados o centinelas se acercaran para auxiliarlas e interrogarlas. Había bastantes y en su precaria situación de huida, cuando todo podía ser peligroso, eso no les convenía. Por todas estas razones decidieron rastrear el mercado por su cuenta. Además La Nena creía ser capaz de reconocer al ladrón si lo encontraban, aunque solo fugazmente lo había visto, y por la espalda.

–Era pequeño, de mi edad. Y muy raro. Me fijé en su pelo. Aunque lo llevaba cubierto, se le escapaba por el gorro. Y era como el de las ovejas. Y blanco.

–¿Blanco? Querrás decir rubio –respondió Melusiana en tono irritado.

–No. Quiero decir blanco. Completamente blanco.

–Entonces no era un muchacho, sería un viejo –dijo Melusiana dudando de sus propias palabras en vista de la agilidad que había mostrado el ladrón en el robo.

–Que no. Te digo que era pequeño –repitió La Nena obstinada–. Más o menos como yo. O poco más.

Recorrieron el mercado una y otra vez, pero fue inútil. Estaba instalado en una gran plaza cuadrada con numerosas salidas a otras tantas calles de algún barrio que a ellas, como la judería, les pareció también de artesanos. Intrincado y laberíntico, podía ser sencillísimo esconderse y desaparecer en él. Rastrearon los alrededores, se zambulleron entre la masa humana que no favorecía la busca y husmearon cada uno de sus rincones. En vano. Salieron después a las afueras, extramuros de la villa por la puerta sur, allí donde la basura se amontonaba y putrefactaba. Reinaba el silencio, la soledad era absoluta y sintieron miedo, así que cruzaron de nuevo la muralla, admitiendo que no sabían ya dónde buscar.

Melusiana, desolada, dejó caer los brazos a lo largo de su cuerpo. Trató de tomar conciencia de su situación real: sin un maravedí encima, la fuga llegaba a su fin. Ni siquiera les estaría permitido recuperar sus escasas pertenencias, la ropa de abrigo, el herbolario, que habían quedado en la posada de Leona, mientras ellas no pagaran la cena de anoche y la alcoba, todo ello aún pendiente de liquidar. Se maldijo una y diez veces; cien, mil veces, por haber sido tan necia y confiada como para colocar la media onza de oro en la bolsita de cuero, junto a las otras monedas, en lugar de haberla mantenido escondida entre su ropa hasta el momento de su fraccionamiento en la casa de un banquero.

Pero tampoco podían retroceder y regresar a su valle donde si antes ya eran difamadas y señaladas con el dedo, ahora, con la iniciada huida, habían ascendido a la categoría de proscritas. Mal asunto. Melusiana se estremecía con solo pensar en ello.

Con pesimismo creciente, retornaron al mercado. Tal vez el ladrón volviera al lugar de los hechos. La tarde se abría paso poco a poco en Valladolid, el sol desfallecía consumido y rojo, y los tenderetes recogían sus mercancías y se retiraban por la presencia del frío y la progresiva ausencia de luz. Hasta el día siguiente.

Ajeno a las inclemencias horarias y en una zona un poco apartada del tumulto, un joven permanecía aún en el mercado, haciendo malabares con objetos, y se acompañaba de retruécanos y palabrería ornamental. Melusiana y La Nena se acercaron. Ahora, al resguardo de la oscuridad paulatina se había acuclillado en el suelo e incitaba a las apuestas con el clásico juego del trile. Tres cubiletes de cuero y un canto de río, no necesitaba nada más. El trile consiste en apostar, después de muchos trueques y cambios de lugar de los cubiletes, bajo cuál de ellos se encuentra la pequeña piedra. Por un módico precio cualquier paseante podía probar su suerte. Si acertaba y levantaba el vaso que ocultaba la piedra, obtenía un buen puñado de maravedíes. Si no era tan afortunado, simplemente perdía lo apostado. Muchos fueron los que animados por tan sencillo juego se lanzaban a apostar. Además el joven no tenía inconveniente en mover los cubiletes lentamente, dejando muy clara la posición de la piedra, pero a la hora de alzarlos y descubrirlos nunca había nada donde parecía y el apostante perdía siempre su dinero.

–¡Ahí, en el derecho! –decía uno–. La piedra está en el derecho.

Pero inexplicablemente el cubilete derecho estaba vacío.

–¡En el izquierdo! ¡En el del centro!

Era imposible acertar, bajo el cubilete que señalaban jamás estaba la piedra. Y eso que parecía sencillo. Muchas veces el apostante reincidía, seguro de no volver a fallar, y con ello duplicaba el valor monetario de la apuesta.

«Qué granuja», pensó Melusiana tras observarlo detenidamente, «qué perfecto granuja». Porque estaba malhumorada, cualquier embaucador inofensivo podía, en aquel momento, resultarle tan simpático como una rata de vertedero.

Con todo y con eso, estuvo un rato así, contemplando al pintoresco individuo, que le pareció una mezcla de falso caballero y auténtico sinvergüenza. Vestía como un hidalgo estrafalario de la época o como un ricohombre venido a menos: sayo corto con faldones de fina badana sobre un jubón de lino de amplios cuellos bordados; calzas anchas y almohadilladas por los muslos, medias ajustadas, muy desgastado y apolillado todo, a excepción del sayo, y en los pies, unos viejos aunque lustrados escarpines de blanda y flexible piel. Melusiana no pasó por alto el ridículo acuchillado de sus calzas, tan de moda en indumentarias nobles, pero tan fuera de lugar en él. Parecía como si hubiera ido recopilando prendas que luego había colocado sobre sí sin ningún tipo de concierto o armonía.

–Eh, joven –dijo al cabo de un rato, acercándose–. Yo puedo decirte dónde se encuentra la piedra.

El joven levantó la mirada que recayó en quien le hablaba. Una señora, no muy mayor, con una niña, seguramente su hija, determinó, calculando. Sin embargo y aunque apenas quedaba luz, pudo advertir en los profundos ojos de la mujer algo que le pareció desconcertante. El público había desaparecido, dada la hora, y ya no quedaba nadie para apostar.

–Cuesta una blanca la apuesta, bella mujer, y si vuestra merced gana, podrá comprarle a esa hermosa niña un gran cucurucho de dulces –respondió haciendo gala de su prodigiosa charlatanería.

Melusiana no tenía nada con qué apostar. Estaba realmente *sin blanca.* Claro que, no era el estímulo de apostar lo que la había motivado a acercarse.

–La piedra se encuentra en tu mano, solo ahí, y si eres valiente, deja que sea yo quien levante los vasos.

Y no apartó la vista de sus ojos ni un instante mientras lo decía.

El joven, antes lenguaraz, ahora enmudeció de golpe y apretó los labios entre el temor y la furia.

–Quién eres y de dónde vienes –inquirió–, y cómo es que conoces el juego.

–Desenmascarado te he –rio Melusiana sin ganas–. ¿Qué esperabas? Lo raro es que aquí aún no lo hayan hecho. En mi tierra algo así no engañaría a nadie.

–¿Sí? ¿Y cuál es tu tierra? –dijo el joven afrontando su mirada.

–Mi tierra es el norte, la zona montañosa del septentrión. Tierra de gentes sagaces.

–¡Ah! Tierra de brujos...

Luego se estudiaron fijamente. Aquella mujer buscaba algo y de alguna manera él ahora estaba obligado a ayudarla.

–¿Qué buscas? ¿Qué quieres de mí?

–Ni dulces, ni dinero. Una respuesta tan solo.

–¿Una respuesta?

–Una respuesta a una pregunta.

El joven se levantó. Era terriblemente alto. Se plantó ante Melusiana dispuesto solo a escucharla, no aún a colaborar y Melusiana procedió a contar el suceso del robo, especificando que lo que quería saber era el paradero del ladrón, un muchacho del que tenían una pista irrefutable: su pelo, rizado como la estopa y completamente blanco. Ella estaba convencida de que todos los pícaros y rufianes de Valladolid se conocerían entre sí y por ese motivo se encontraba abordándole. Desde luego él no tenía la obligación de ayudarla, ahora bien, ella no garantizaba ser capaz de guardar el secreto de los vasos y la piedra...

–¿Pelo blanco, dices? –preguntó el tahúr–. ¿O rubio quizás?

–No, nada de rubio –respondió Melusiana–, he dicho blanco, rizado y blanco.

Y señaló a La Nena como testigo ocular, que a su vez asintió con vehemencia.

El joven entornó los ojos. Recapacitaba. No quería problemas. El negocio le iba bien, hasta la fecha, y no siempre era así. Debía intentar mantenerlo.

–Es posible... que lo conozca... no estoy seguro... pero si se trata de quien yo creo....

Les dio una dirección, advirtiéndoles de que debían acudir allí por la mañana, muy temprano, antes de que el Albino abandonara la barriada, pues a lo largo del día el lugar era un hervidero inseguro de gente maleante y peligrosa.

–Suponiendo que el ladrón que buscáis sea el Albino –añadió.

El Albino. Melusiana tuvo que pedir al joven que le explicara qué significaba exactamente esa palabra en castellano. Al despedirse, preguntó:

–¿Cómo te llamas?

–Me llamo Fausto Polonio Cornelio –dijo aquel joven evidenciando un nombre tan estridente como su propia ropa–, pero puedes llamarme Fapo.

–Bien. Pues que sepas, Fapo, que no hallarás lugar sobre la tierra ni bajo de ella donde puedas esconderte si me mientes.

Fapo era un real mozo, alto y corpulento como un titán, y no entendía por qué en ese momento se mermaba un poco. Tal vez porque la mirada de Melusiana despedía el brillo plata del filo de una navaja.

Luego la mujer y la niña se dirigieron a la posada, aceptando que deberían permanecer en Valladolid al menos un día más de lo previsto.

Capítulo 4.º

Nadie que no haya pasado por ello sabe la sensación de desamparo que se siente buscando a una persona anónima en una ciudad completamente desconocida. Sin embargo Melusiana y La Nena no se acobardaron y muy de mañana se hallaban ya, extramuros de Valladolid, en las chozas desvencijadas e inmundas que Fapo les había indicado como morada del Albino y de otros seres de parecida reputación.

El lugar se asentaba junto al Pisuerga, justo en la parte de la ciudad opuesta a la posada, pero anduvieron ligeras y pronto lo encontraron. Melusiana se detuvo ante la contemplación de aquel foco humano contaminado y pestilente donde varias familias vivían de los despojos de una ciudad, si no rica, al menos poderosa, sede temporal de la Corte, asiento de la Real Chancillería (tribunal superior de justicia del reino), y por lo que pudieron apreciar en su recorrido, dueña de soberbios edificios religiosos, civiles, escolásticos y sanitarios.

–Atiende, hija –ordenó Melusiana–, nos esconderemos tras estos arbustos y espiaremos la zona. No sería prudente acercarnos más. Cuando veas salir a ese Albino, lo seguimos y le damos caza. Espero que lo reconozcas. ¿Estás de acuerdo?

–De acuerdo –respondió La Nena estimulada ante semejante reto.

Mucho antes de lo que pensaron, el Albino apareció. Era imposible no reconocerlo. Tenía efectivamente el cabello rizado y blanco, tan blanco como las barbas de un viejo eremita, y sobre la cabeza llevaba un gorro sencillo de fieltro raído hasta la atrocidad. Pero sus rasgos faciales eran africanos, ancha nariz, labios gruesos, y en la pálida tez de blancura sonrosada ni sus dos azules ojos (de un azul desvaído, casi transparente) destacaban.

–¡Es él! –gritó La Nena al verlo–. Estoy segura.

–¡Por mi vida y que el cielo me perdone! ¡Si es solo un chiquillo!

–Te lo dije, Melusiana, te dije que era pequeño.

–Y correrá como un gamo –resolvió Melusiana agarrando a La Nena del brazo–. ¡Vamos!, deprisa o se nos escapa.

Comenzaron a perseguir al Albino discretamente, para no delatar sus intenciones. Cuando estaba a punto de franquear la muralla, le dieron caza. Melusiana lo enganchó por la ropa pero el chico, reconociéndolas y viéndose atrapado, de un fuerte tirón se soltó, echando a correr y escapando de sus perseguidoras.

Melusiana y La Nena apretaron la carrera en pos de él, liviana la niña, mucho más pesada y sofocada la mujer. Melusiana tosía y jadeaba. Pronto comprendió que darle alcance corriendo sería misión imposible y tratando de apaciguar sus resuellos dijo a La Nena:

–¡Detente! Corriendo nunca lo atraparemos, es mucho más ágil que tú y por supuesto que yo. Así no conseguiremos nada, salvo llamar la atención y alborotar, justo lo que no nos interesa. Hay que tranquilizarse y pensar. Pensar. Él tiene piernas pero yo tengo cabeza–. Y se tocó la frente con el dedo índice que aún le temblaba por el esfuerzo.

Se apoyaron en la pared. La Nena miraba atenta a Melusiana y le palmeaba la espalda para que recuperase la respiración. Dijo en seguida la mujer, fatigada aún:

–El rapaz se dirige al río, a pescar. Y como ya hemos visto que se aleja del Pisuerga es de recibo que la pesca se lleve a cabo en la Esgueva, el otro río más estrecho, en el lado opuesto de la villa ¿te acuerdas? Allí tenemos que ir con gran cautela. Allí encontraremos al condenado ladrón.

–¿Lo sabes? –preguntó La Nena incrédula.

–Lo sé –dijo Melusiana volviendo a señalarse la cabeza.

–¿Cómo puedes saberlo?

–El olfato, hija; no es necesario que te recuerde que tengo un olfato asombroso. El rapaz llevaba encima bazo de caballo de olor inconfundible. E infernal. Me extraña incluso que a ti no te hayan llegado los hedores.

–Bazo de caballo... –repitió La Nena.

–Es carnada para pescar, un potente cebo para cangrejos. Y la carnada debe de ser muy fresca para que atraiga mejor a los cangrejos, no creo que el bribón deje que se le pudra paseándose con ella por todo Valladolid. Así que, andando.

En la Esgueva no fue difícil dar con el Albino. Pescaba junto a otros muchachos con los pies descalzos sumergidos en el helado río. La piel rosada de las piernas se le congestionaba hasta llegar a un tono cerúleo y las venas configuraban un mapa de senderos en aquel pergamino mudable y transparente.

Cuando estuvo fuera del agua, Melusiana y La Nena se acercaron por la espalda y lo abatieron, apresándolo con fuerza e inmovilizándolo con sus cuerpos, sobre todo con el cuerpo adulto de Melusiana, superior al del muchacho en varias libras de peso. En esa postura ahora sí hubiera sido imposible escapar. Melusiana hacía de su furia, fuerza. Dijo que iba a molerle los hígados; el chico comenzó a chillar.

–¡Piedad! ¡No me golpeéis! ¡Puedo explicaros todo, señora!

De pronto empezó a llorar. Berreaba como un crío. Nunca hubiera imaginado Melusiana que un curtido chico callejero fuera tan medroso, y se despreció a sí misma por incauta. Dejarse robar por semejante ladrón, tan asustado e indefenso ahora bajo su peso.

–Devuélvenos lo robado y nada te pasará, puedes estar seguro. Pero si no lo haces...

–No lo tengo... lo he gastado ya ... –balbució el Albino tartamudeando entre hipos.

Los ojos de Melusiana se salían de las órbitas.

–¡Quéee! ¿Que has gastado más de media onza de oro en una tarde? ¡Eso es imposible!

–No, no lo es. De verdad que puedo explicarlo todo, señora.

Melusiana, enfurecida, gruñó. Sin aflojar la tensión sobre el muchacho, sacó el trozo de cordel que aseguraba el contenido terreño de la faltriquera y ató a Albino una mano con uno de los extremos. El otro lo llevaba ella firmemente agarrado.

–Vamos al Consistorio –dijo, sabiendo que era al último lugar a donde ella deseaba ir–. Allí explicarás todo al alguacil, o al escribano de turno.

–¿Al... Consistorio? –preguntó Albino que había dejado de llorar pero ahora tartamudeaba sacudido por el miedo–. Si me dais tiempo... Vayamos a otro lugar, es posible que pueda recuperar el dinero.

–Más te vale, chico, o no respondo de mis actos –Melusiana echó a andar, tirando de él–. Por el camino nos referirás los hechos y si nos convencen, tal vez arreglemos el asunto por nuestra cuenta.

La pálida cara de Albino estaba enrojecida por el llanto. Con la sucia mano que le quedaba libre se restregó los ojos, se enjugó las lágrimas y se sonó la nariz, lo que hizo que se serenara un poco. Luego tosió ruidosamente y presionado por Melusiana, que lo escuchaba, habló en estos términos:

Dos: Albino

Capítulo 5.º

—Se... sepa vuestra merced que yo no soy castellano. Nací en Portugal, tierra de aventureros y con tal instinto me crié, soñando desde niño con proyectos e intenciones de futuras aventuras. Vo...voy a contaros mi historia, para que entendáis mi situación, comenzando por el principio...

La Nena abrió la boca y dejó escapar una exclamación. Aquello olía a relato, historia, narración, y eso le fascinaba. No en vano Melusiana fabricaba para ella fábulas y cuentos (reales o imaginarios) que en las largas noches de invierno le recitaba al calor del fuego, con el ruido de fondo de las llamas al crepitar, en la vieja casa de piedra que ambas compartieron en el valle y que ahora tanto echaba de menos.

Albino se caló el gorro todo lo que pudo, pues era casi mediodía, mediodía de abril, y el sol, dijo, le dañaba los ojos. Continuó así:

–Aquí donde me veis, soy hijo de madre negra, negra como la tierra recién regada, y de padre negro también. Entre mi gente se dice que si una negra preñada es violentamente herida en sus sentimientos o en su imaginación por la vista de un hombre blanco, el hijo le nacerá no ya tan blanco como él, sino mucho más, lo mismo en piel que en cabello, más blanco incluso que los bebés que tenéis vosotros. Qué fue lo que aquel blanco hizo o dijo para herir tan violentamente a mi madre es algo que desconozco pues nunca me fue revelado ya que crecí, dada mi rareza, sin afecto ni amor, y despreciado y humillado por todos. Mi primeros años los pasé escuchando las historias que un chico de mi edad, el único amigo que tuve, contaba sobre su padre y sus tíos. Estos habían embarcado años ha para Indias y al volver, cargados de plata y oro, no hacían sino relatar las magníficas aventuras que habían vivido. Lo hacían aspirando el humo de unas extrañas hojas que quemaban, traídas de allí, y a las que llamaban tabaco, puro placer, según decían, como la mayoría de las cosas que allí existían. Mi amigo nada más esperaba a cumplir doce años para poder coger una carabela en Lisboa y partir a Indias también. Así pasaron unos pocos años, en los que yo sobreviví apenas con lo necesario. Después mi madre murió de una peste que asoló la zona y mi padre decidió internarme en una casa para huérfanos, ya que al haber llegado a Portugal como esclavos (aunque ya no lo éramos), no teníamos familiares que se hicieran cargo de mí y además, aunque nunca lo confesó, yo sé que mi padre no me quería. Siempre le decía a mi madre que un hombre tan negro no podía ser el padre de un chico tan blanco. El caso es que antes de que me encerraran, me escapé. Había escuchado cosas horribles sobre la casa de huérfanos y decidí huir. Recuerdo los días siguientes a la fuga como los peores de mi perra vida, escondido en los pantanos que rodeaban mi casa, huyendo de cualquier ruido y asustándome por todo. Dormía durante el día y por la noche salía de mi escondite y a oscuras robaba para comer y caminaba, sin saber hacia dónde me dirigía ni en qué lugar encontraría reposo. Era pleno verano y aunque caminé poco bajo el sol, la piel se me desolló, abrasada por sus rayos, pues no sé si sabéis que a los de mi condición les daña el sol como la plaga de carcoma daña la madera, y si no, ved señora como tiro del cordel buscando las sombras. No pude contar cuántas jornadas anduve, pero el caso es que un día, de pronto, me encontré en la frontera castellana, frontera que crucé y aquí me quedé, seguro de que en esta tierra daría por fin esquinazo a mis perseguidores.

Hubo una pausa. Melusiana observaba atónita al muchacho, entendiendo ahora la razón de sus rasgos africanos; La Nena, terriblemente conmovida, escondía sus ojos vidriosos. Melusiana preguntó:

–Y ¿estás seguro de que tu padre realmente te buscaba? También cabe la posibilidad...

–¡Oh, claro! –interrumpió Albino con frialdad acumulada a lo largo de años–. Sé que pudo no importarle mi fuga, también yo ahora lo pienso, pero entonces era solo un niño y entendí que lo más natural era ser buscado.

Estaban en una pequeña explanada, frente a una iglesia de esbelto y cuadrado campanario. Las campanas tañían y repicaban. Debía de ser fiesta religiosa porque los fieles acudían a la llamada endomingados y devotos.

–Enseguida llegamos –informó Albino–. Unas casas más allá está la vivienda del hombre a quien di vuestro dinero.

Mientras caminaban, el chico continuó relatando su historia.

–Aquí, en Castilla, solo una idea me ha acuciado: las Indias. No pasa un día sin que me acuerde de los relatos de mi amigo portugués sobre esos lugares ricos y prósperos, donde la plata y el oro brotan de la tierra misma, esperando una mano que los quiera acaparar. Hace algún tiempo conocí a un hombre que aseguró poder enrolarme en una de esas carabelas que parten hacia Indias, Martín Escudero dice llamarse. Me explicó que tenía grandes influencias en la Casa de Contratación de Sevilla y que gracias a ellas le sería fácil incluirme en la lista de aspirantes a tripulación de manera preferente. Se haría cargo incluso de mi desplazamiento hasta allí, con lo cual, cualquier problema quedaba resuelto. Me colocaría en una pequeña carraca, apartado de delincuentes, que suelen navegar en barcos mayores. Como veis, aquello era lo que yo había estado esperando. Pero este hombre exigía mucho dinero a cambio, tanto que casi desistí de viajar hacia las Indias. Seguí dando tumbos aquí, en Valladolid, cada vez más rechazado y acosado por mi aspecto, haciendo pequeños robos o timos que apenas me procuraban un malvivir. Ayer fue diferente. Paseaba por la plaza del Mercado, como tantas otras veces, para matar el hambre, o poco más. Cuando vi la bolsita... tan a mano... Yo le aseguro a vuestra merced que no sabía su contenido, quizás de haberlo sabido es posible que no me hubiera atrevido a robarla, creedme, no soy un ladrón de grandes sumas, pero al palpar aquella moneda de oro... «Tiene que valer mucho –pensé–, con seguridad será suficiente para mi viaje a Indias». Y yo tenía, *tengo,* tantas ganas de ir a Indias... Comprendedme, es mi único sueño. Corrí a casa de mi proveedor, le pagué, y a cambio él prometió sacarme por fin de aquí. El resto de la historia ya lo conocéis.

En un primer momento, Melusiana enmudeció. Estaba tan estupefacta que casi olvidó continuar presionando el cordel que le unía al muchacho.

–¿Quieres decir que le entregaste la moneda, toda ella, a cambio de un pasaje a Indias?

–Sí –confesó Albino avergonzado– y las otras también. Ya os dije que el pasaje a Indias es muy caro. Mi proveedor me permitió quedarme únicamente con las monedas de maravedí.

–¡Oh! –exclamó Melusiana ironizando–. ¡Qué considerado!

Entretanto llegaron a casa del proveedor Martín Escudero. Estaba en un edificio de madera de dos pisos situado en una pequeña plaza. Llamaron imperiosamente, pues la paciencia de Melusiana pendía ya de un hilo, pero el hombre no estaba, según les explicó una mujer que dijo ser la criada. Había partido en viaje urgente para Salamanca, ciudad que quedaba a varias jornadas a caballo, con lo cual la ausencia duraría una semana como poco, dos, si los asuntos que allí le habían llevado se alargaban en el tiempo.

En cuanto la criada les cerró la puerta Albino enrojeció como la sangre y de nuevo había comenzado a llorar. Melusiana analizaba cuanto había oído y recapacitaba, sabiendo que una reacción inminente y mal pensada solo desgastaría más su ánimo, bastante erosionado ya. La Nena en cambio, sin entender bien porqué, sentía por el chico una profunda y sincera lástima.

–Bien –dijo al fin la mujer–. Esto me da mala espina. No me fío de ese hombre, no me fío de él como tampoco me fío de ti, chico; tengo muchos años y más sabe el diablo por viejo que por diablo. Sin embargo, vamos a esperarle. Vamos a esperarle la maldita semana, o lo que guste tardar... siempre que no sea mucho. Le pediremos nuestro dinero y nos marcharemos. Sin más, plugo al cielo.

Decidieron separarse. Nada ganaban ellas reteniendo por más tiempo a Albino. Ni siquiera pudieron recuperar las monedas de maravedí que el proveedor no le había aceptado. Con andar ligero se dirigieron a la posada. Iba a ser su tercera noche en Valladolid; demasiadas para pasarlas en una ciudad que habían pensado conocer superficialmente. A este paso ¿cuándo llegarían al sur? Melusiana no estaba lo que se dice animada, pero acababa de tomar una determinación que las sacaría del apuro. Al menos por el momento.

Durante la tarde, con la posada vacía de inquilinos, Melusiana buscó a Leona por la casa. La encontró muy atareada trabajando con los caballos de posta, cambiando la paja sucia por limpia, esparciendo hierba fresca en los pesebres y agua nueva en los abrevaderos. Sus cortos brazos, musculados por el duro trabajo, emanaban abundante sudor, y eso que el frío en ese abril más invernal que primaveral, era intenso. La melena desordenada y sucia le caía a mechones sobre la frente, jirones oscuros, correosos, que algún día, acaso fueron o parecieron cabello. Melusiana se dirigió a ella con esa persuasión y seguridad típica de las herbolarias que hacía que la gente confiara tanto en ellas.

–Puedo reconocer a tu esposo –la abordó sin prolegómenos de ningún tipo, tuteándola–, y tratar de curarlo.

Leona dejó de extender paja y miró a Melusiana con una expresión de ansia que hablaba por sí sola.

–Claro que, mi trabajo tiene un precio, como seguramente imaginas.

–¡Oh, sí, por supuesto! –se apresuró a decir Leona–. Lo que estipule vuestra merced. Eso no será un problema.

–Debes saber que en mi sabiduría no entran todos los remedios, pues hay contaminaciones a cuya sanación no puedo acceder por ser mis conocimientos humanos, nunca divinos.

Quería dejar bien claro que ella, de hechicera, nada.

Acordaron comenzar sin demora, aprovechando que La Nena no estaba, pues había salido a vagar sola por ahí, a familiarizarse con una ciudad que contra su pesar y desde luego sin proponérselo, acabaría conociendo bien.

Acudieron a la habitación del enfermo. Era un hombre de mediana edad, como Leona, pero terriblemente aniquilado. Presentaba un aspecto lastimoso, con fiebre alta y la piel plagada de chancro. Melusiana observó con fijeza su iris, estudiándolo, y luego destapó su cuerpo para examinarlo mejor. Tenía ingles y axilas plagadas de bubas, algunas reventadas y purulentas, despidiendo por ello un fuerte y apestoso olor. Después procedió a cubrir al enfermo, que a ratos se quejaba y a ratos se adormilaba, vencido por la calentura de días.

Melusiana atrajo hacia sí a Leona. Su voz era baja y grave cuando dijo:

–Supongo que no ignoras lo que tiene postrado a tu esposo....

Leona declinó avergonzada la cabeza, afirmando.

–Y supongo que tampoco ignoras dónde se contagian este tipo de enfermedades que están diezmando a la población masculina.

-Lo sé, lo sé –respondió Leona resignada–, pero qué puedo hacer ¿dejarle morir? Yo sola no me siento con fuerzas para sacar adelante la posada. Y además... –Melusiana la miró, a la espera–... es un buen hombre y le quiero. Si tuvo un desliz con alguna mujer, ya lo está pagando.

Era algo habitual, tampoco se trataba del primer caso. Melusiana puso manos a la obra. Primeramente pidió un recipiente grande o una olla, la mayor que tuviera Leona, y le mandó hervir abundante agua en ella. También solicitó un paño amplio y tupido o, si tuviera, un lienzo impermeable y de gran tamaño. Leona, tras meditar un rato, resolvió recurrir a los cobertores que utilizaba en los meses más fríos para cubrir durante la noche el lomo de los caballos, pero Melusiana se negó. Aquello no era higiénico, era sucio e infeccioso y nada de lo que ella hiciera por el enfermo daría buenos resultados si no se respetaban unas simples medidas de asepsia. Así que se arreglarían con una manta.

Cuando el agua comenzó a hervir, Melusiana colocó la olla bajo el banco corrido de madera y trasladando al hombre con gran dificultad desde la cama, lo colocó allí, desnudándolo previamente y tapándolo después con la manta sin descuidar bajo ningún concepto la olla, que debía quedar en su totalidad también cubierta. El hombre algo se quejaba al principio, pues el fuerte vapor del agua recién hervida le quemaba la piel, pero Leona, con una dura mirada de reproche, le conminó a resistir.

–Deberás realizar esta sesión de vapor al menos dos veces al día –prescribió Melusiana– sin olvidar regar luego su cuerpo con abundante agua fría.

Después Melusiana echó mano de su herbolario, un pequeño fardel que guardaba, bien cerrado, en lo más profundo de su alforja. En él, un auténtico muestrario de plantas, hierbas, flores, semillas y raíces se amontonaba en aparente desorden, pero Melusiana conocía todas ellas demasiado bien como para equivocarse, y con destreza y suma rapidez seleccionó unas y desechó otras de aquel montón de naturaleza donde todas las especies parecían más o menos iguales.

–Emplastos de semillas de alholva en las bubas –explicó mientras trituraba las semillas hasta convertirlas en polvo– y tisanas de sabinilla, pichi y nevadilla. En unos días notará gran mejoría. ¡Ah! –concluyó Melusiana– y recuerda que no debes yacer con él hasta que no quede señal en su cuerpo de chancro ni de llagas.

Leona sonrió agradecida. En sus ojos había un brillo de esperanza.

Melusiana se hallaba ahora tumbada en su cama, meditando. No había olvidado nada, repasó mentalmente, ninguno de los pasos a seguir, por pequeño que fuese para remediar el mal venéreo que padecía el marido de Leona. A pesar del tiempo que llevaba inactiva, era grato comprobar que sus facultades permanecían intactas. Claro que, era un mal por otra parte frecuente y ella había conocido infinidad de casos parecidos, no era eso lo que le preocupaba. Lo que le preocupaba de verdad era mucho más subjetivo, menos concreto y se llamaba, por decirlo de alguna forma, Incumplimiento de Promesa. Así, con mayúsculas.

La promesa incumplida era contra sí misma, y, fatalmente, esta circunstancia no mitigaba los remordimientos. Antes de salir de su valle, mientras preparaba la huida, se hizo la firme promesa de no curar ni atender partos durante todo el tiempo que durase. No era por nada en particular, simple precaución tan solo. Deseaba llegar a Cádiz más que nada en este mundo, lo deseaba sobre todas las cosas, y no por ella, sino por La Nena, niña indefensa que nada tenía que ver con las graves acusaciones que pesaban sobre su cabeza. ¿Culminaría su viaje si se entregaba a prácticas de curandera? ¿O llamaría la atención de sus perseguidores y antes de que se diera cuenta habría caído presa? Presa, duro vocablo que encerraba en solo cinco letras la angustia de la huida entera. Trató de tranquilizar su ánimo diciéndose a sí misma que no había habido más alternativa, no siendo suya en realidad la decisión de alterar sus juramentos, sino del destino que, aunque aparentemente flexible, nunca nadie consiguió manejarlo.

Pero aun con eso, la promesa rota estaba. Melusiana soltó una maldición y la acompañó de un giro nervioso de media vuelta en la cama. ¿Cuántas promesas más rompería antes de llegar a Cádiz?

Luego evocó la plácida vida en su valle, anterior a las persecuciones, cuando vivía junto a la niña, felices ambas en ese pueblo atravesado por el río y flanqueado en sus dos lados por montañas. Cómo lo echaba de menos. ¿Volverían alguna vez a él? ¿Ocuparían de nuevo la vieja casa ahora abandonada? Y de no volver, ¿hallarían esas dos almas errantes en algún lugar del mundo la paz anhelada? Difícil, en verdad muy difícil saberlo.

Pensando en estas y otras cosas, Melusiana, aunque no era hora, se iba quedando dormida. De pronto llamaron a su puerta.

–Entra, Nena, hija, no tienes porqué llamar –dijo Melusiana incorporándose.

Pero no era La Nena quien llamaba.

–Soy yo, Leona –dijo la mujer con débil voz al otro lado de la puerta–. Si me lo permitís... quería pediros algo...

Melusiana se levantó y abrió la puerta de la alcoba. La gruesa Leona le sonreía quieta en el dintel y junto a ella se encontraba una mujer que no conocía de nada.

–Mi marido ha comenzado a mejorar –dijo Leona–, le ha bajado la fiebre y está más animado. No sé cómo daros las gracias. Esta amiga –continuó, señalando a la mujer que la acompañaba– al enterarse... También su marido está enfermo, de lo mismo, creemos. Si os placiera... si no tuvierais inconveniente...

La amiga de Leona imploraba con los ojos, húmedos y redondos de tan suplicantes. Melusiana la miró a su vez: una mujer de tantas, pensó, de esas que organizan su vida junto a un hombre y ya no saben salir adelante sin él; una pobre mujer desesperada. De ese modo Melusiana reanudó su labor de sanadora y partera porque, promesas rotas aparte, ninguna otra cosa sabía hacer si quería sobrevivir en Valladolid hasta que el proveedor Martín Escudero, dueño en ese momento de su media onza de oro, tuviera a bien regresar de Salamanca.

Capítulo 6.º

Fueron pasando los días y Melusiana y La Nena se llegaron a sentir si no a gusto, al menos cómodas en esa villa que los primeros días les había sido hostil. Melusiana no estaba ociosa, trabajaba más de lo que en un principio pensó, atendiendo enfermos y sobre todo asistiendo a partos, su especialidad, pues su fama de curandera y matrona había corrido de casa en casa y ella ya no sabía si aquello le perjudicaba o le beneficiaba. Pero así giraba la rueda de los acontecimientos y era difícil pararla. Cierto es que estaba ganando algún dinero, nada desdeñable en su situación, y muchas otras cosas de primera necesidad, tales como ropa o comida que recibía como pagos en especie, mientras su herbolario iba aligerando su contenido hasta el punto de pensar seriamente en tener que acudir al monte a reponerlo. Pero ¿dónde estaba el monte en esa región de páramos y cultivos?

A partir de la segunda semana, Albino, La Nena y ella acudían con regularidad a casa del proveedor Martín Escudero, con el fin de recuperar la media onza de oro, empresa del todo imposible pues la criada respondía sistemáticamente lo mismo: que su señor aún no había regresado de Salamanca. De modo que tenían que resignarse y marchar con las manos vacías.

–¡Mi señor aún no ha regresado de Salamanca! ¡Mi señor aún no ha regresado de Salamanca! –bramaba Melusiana imitando con rugidos la voz de la criada–. ¡Qué señor ni qué señor! ¡Un bellaco y un sinvergüenza! –Y miraba luego a Albino como si quisiera fulminarlo con los ojos, mientras el chico temblaba de miedo temiendo que cayera sobre su flaco cuerpo la dura mano correctiva.

A continuación Melusiana se apaciguaba un poco y soltaba la sentencia pertinente.

–Lo que yo decía: estamos ante un sujeto poco recomendable y en absoluto de fiar. Ese hombre es una auténtica alimaña y nada bueno nos sucederá si tenemos contactos con él, lo presiento. Pero insisto en esperarle, no tenemos otra opción. Ojalá me equivoque y se digne un día u otro aparecer. Tengamos paciencia.

Meditando en todas estas cosas, Melusiana se ponía fatal. A pesar de su propia recomendación, su paciencia se agotaba por momentos. Como el herbolario. Pero debía mantener la calma y dar ejemplo de entereza. Haciendo un gran esfuerzo para reunir optimismo, intentó no preocuparse más de la cuenta y rogó una vez más que el proveedor llegara de Salamanca. Si es que llegaba.

Mientras esto sucedía, La Nena correteaba por Valladolid libre de normas y ataduras, completamente entregada a cultivar la amistad de Albino, del que se había hecho inseparable, y de Fapo, el ridículo personaje de las calzas acuchilladas al que visitaban a diario después de su trabajo como tahúr en alguna calle próxima a la plaza del Mercado.

Albino había enseñado a La Nena a realizar pequeños hurtos, robos sin importancia que a lo más que podían llegar si les descubrían era a sufrir un pescozón o un tirón de orejas. De ese modo nunca les faltaba una manzana que llevarse a la boca, nueces, uvas tempranas o alguna que otra golosina. A menudo acudían a la Esgueva, el río de aguas limpias y salinas donde Albino pescaba cangrejos que luego, en compañía de La Nena, limpiaba y cocinaba en alguna lumbre de su barriada de chozas junto al Pisuerga, entre inmensas cantidades de cieno, basura y detritos urbanos, que eran los desechos de la floreciente ciudad. La Nena lo observaba maniobrar sin acertar a clasificarlo: parecía una mezcla de niño y adulto, unas veces simple, infantil, y otras terriblemente experimentado y viejo.

Un río importante, el Pisuerga. La Nena pasaba allí sus mejores ratos en compañía de los amigos de Albino, muchachos todos, la mayoría huérfanos como él, que vivían en la calle huyendo de las normas de un orfanato. Jugaban a juegos extremos, según la opinión de La Nena, retándose a duelos absurdos en los que el ganador honorífico era aquel que permaneciera más tiempo con la cabeza bajo el agua, el que se acercara más a las brasas, el que soportara el mayor número de cangrejos vivos mordiéndole la piel, siempre rozando el peligro o entrando de lleno en él. La Nena se había habituado a participar solo como espectadora y ya ni le impresionaba verlos medio asfixiados, medio quemados o medio lo que fuera.

En realidad pensaba que aquella actitud temeraria de los chicos se debía a que nunca habían tenido unos padres dispuestos a propinarles unos buenos azotes.

–Y tú –preguntó un día Albino a La Nena–, ¿no tienes padre?

–Ni madre.

Estaban en la calle y comían pellizcos de pan, pan tierno que La Nena había recibido de Leona.

–¿Ah, no?

–No –respondió ella masticando–. Melusiana no es mi madre. Pero como si lo fuera.

–¿Y tu madre verdadera, entonces?

Era la pregunta lógica.

La Nena sonrió tranquilamente mientras evocaba algo que en realidad no recordaba.

–Murió. No la conocí. Ni a mi padre tampoco. Melusiana me cuida desde que nací. Es mi ama, o como quieras llamarla. No he tenido otra madre que no sea ella.

Albino meditó un instante.

–¿Y de qué murió?

–Creo que de las fiebres del parto, al nacer yo. Sé que no tengo nada que ver con su muerte pero a veces me siento culpable.

–Bah, no te has perdido nada –decretó Albino con dureza–. Ya ves de lo que me han servido a mí mis padres.

La Nena no estaba de acuerdo, Melusiana siempre le hablaba bien de su madre. Le contaba que era buena, dulce y muy hermosa, y que jamás, de no haber muerto, la habría abandonado. Tampoco en lo relativo a la orfandad se identificaba con Albino y ese sentimiento era desconocido para ella pues en realidad nunca se sintió huérfana junto a su querida ama.

Cuando se cumplieron cuatro semanas aproximadamente de la llegada de Melusiana y La Nena a Valladolid, acontecieron dos hechos insólitos y de gran importancia. Uno fue la muerte de la bellísima y muy amada emperatriz Isabel, esposa de su Cesárea Majestad Carlos I, en Toledo, después de alumbrar unos días antes un hijo prematuro muerto. Este fallecimiento sumió a la villa en la tristeza y el luto, y el otro hecho acaecido, aunque no tuvo la relevancia general del primero, sumió a Melusiana no ya en la tristeza, sino en la ira y la desazón más desesperadas.

Sucedió una mañana que acudieron a casa de Martín Escudero, como tantas otras, a intentar recuperar la media onza de oro. Melusiana esta vez iba decidida a todo. Ya le habían dado un plazo suficiente para que regresara y no abandonaría la casa sin su moneda o sin el valor correspondiente a su moneda.

–Me da igual que la criada se oponga –dijo alterada–, le robaré los muebles, las sayas, emplearé la fuerza si es preciso, y oye esto bien, muchacho, de ahí no nos vamos sin nada. Ha conseguido que me harte.

Pero cuando llamaron a la puerta, nadie salió a abrir. Repitieron la llamada, una y otra vez, en cada ocasión con más fuerza, alterando la tranquilidad del edificio y consiguiendo que varios vecinos se alertaran y salieran a mirar. Uno de ellos les comunicó que en esa casa ya no vivía nadie y que sus inquilinos habían hecho mudanza en días anteriores, desmantelando y levantando la vivienda por completo.

–¿Os referís a Martín Escudero, el proveedor? –preguntó Melusiana casi sin voz.

–Sí, creo que se llamaba así, pero ¿proveedor? ¿Proveedor de qué? Nadie le conocía oficio alguno.

–No puede ser –Melusiana no daba crédito a lo que oía–. Anteayer estuvimos aquí y todo parecía normal...

El vecino se encogió de hombros.

–Se mudarían después. Yo digo lo que hay. –Y dio media vuelta, indiferente.

Melusiana reanudó los aldabonazos, ahora con tanta fuerza que de seguir así mucho rato habría hecho serias muescas en la dura puerta. El estruendo producido reverberaba en el edificio y el suelo que pisaban temblaba, vibraba y retumbaba por el impacto.

–Debéis creerme, señora –insistió el vecino lacónicamente antes de desaparecer por la escalera–, nadie va a responderos. La casa ha quedado deshabitada. Yo mismo vi como sacaban baúles y arcas.

Entonces sin poderse contener comenzó a gritar. Gritaba Melusiana y golpeaba la puerta con pies y manos, haciendo brotar de su boca muy graves insultos y haciendo brotar de sus puños, tensos y crispados, sangre.

–Le mataré –chillaba fuera de sí–, le mataré y haré tiras con su pellejo.

La Nena intentaba tranquilizarla, pero la mujer berreaba y pataleaba completamente descontrolada. Albino, a prudente distancia, callaba y esperaba.

–Y tú, víbora, áspid, sabandija –dijo increpando a Albino–, seguro que estás confabulado con él y ahora los dos os reiréis disfrutando de mi moneda.

–¡No! ¡De veras que no! ¡Que me muera si miento! ¡A mí me ha engañado, como a vos! ¿O no veis la miserable vida que sigo arrastrando?

Así continuaron las cosas durante un rato. La Nena abrazaba a Melusiana terriblemente entristecida, apretando con fuerza a la persona que más amaba en el mundo y suplicándole que se calmara. Parecía como si nunca fuera a suceder, parecía como si el tiempo se hubiera detenido en ese instante trágico, pero poco a poco lo consiguió. Al cabo de un rato Melusiana, recuperada la calma y hablando en voz baja, solo para la niña, lanzó otra de sus habituales sentencias:

–Bien querida niña, he aquí la cruda realidad: ese hombre infame, ruin y mentiroso nos ha malogrado la huida. No voy a culpar a este desgraciado de Albino, al que parece que ha timado también, aunque merecería ser apaleado por mis manos. Solo al desalmado y solo a él culpo y maldigo –hubo una pausa durante la cual, Melusiana hipó, bufó y suspiró–. Pero... pero yo te digo querida niña que te llevo a Cádiz, por mis propios medios o arrastrándome por los caminos, como te prometí que haría, y que muera en el intento si no lo consigo, pero no me detendré ante nada, y ¡ay del que se cruce en mi camino y trate de impedir que tú y yo, querida niña, lleguemos juntas al sur!

Así dijo y La Nena la creyó. Desde que tenía uso de razón había aprendido a confiar en ella, y hasta entonces nunca le había fallado. Desde luego hablaba en serio, su ama tenía coraje para eso y para mucho más. Si ningún obstáculo humano que mediara en su camino se lo impedía, por supuesto.

Capítulo 7.º

El 10 de mayo de 1539, sábado, fue un día de dolor, consternación y duelo. Para la villa de Valladolid, que vivió los funerales por el alma de la emperatriz Isabel; para Melusiana, que sumida en la más profunda melancolía trataba de asimilar su nuevo estado de absoluta y definitiva indigencia.

El cuerpo de la emperatriz Isabel reposaba ya en Granada, junto a sus abuelos los reyes Isabel y Fernando, y Melusiana, ajena a ceremonias de cualquier tipo, yacía en su cama, completamente recluida desde el día del incidente en casa del proveedor y solo auxiliada por el amor incondicional de La Nena y los cuidados atentos de la agradecida Leona, cuyo marido había sanado por completo.

–Debes levantarte –aconsejó Leona entrando en su alcoba con total confianza–. Nada conseguirás encerrándote de esa manera y negándote incluso a realizar tu trabajo.

La gruesa mujer se había acicalado en la medida de lo posible para acudir como curiosa al funeral: saya limpia de basto tejido y sin adornos sobre otro vestido más liviano, también de tela sencilla y ordinaria, porque aún estaba vigente la prohibición de llevar bordados de plata y oro en los trajes y desde luego ella no era quién para transgredir ese tipo de normas[2]. Eso sí, no olvidaría colocar en alguna parte de su indumentaria el crespón negro del luto por la dolorosa pérdida.

–¿No te apetece venir al funeral con Dimas y conmigo? –dijo Leona.

El bulto de debajo de las mantas que formaba Melusiana ni siquiera se movió y Leona dio por sentado que no contestaría.

–Al menos deberías dejar que nos lleváramos a la niña. No tendrá muchas oportunidades en su vida de ver de cerca la Corte –insistió.

No le faltaba razón y aunque la presencia de La Nena era lo único que la animaba un poco, Melusiana consintió en que acudiera al funeral con ellos.

Al salir de la posada junto al matrimonio, La Nena descubrió a Albino a una manzana de allí, entretenido en lanzar piedras del suelo de forma inconsciente con la punta de su viejo calzado por el que asomaban, encallecidos y sucios, los diez dedos de los pies. La cara del chico se iluminó cuando sus ojos incoloros se encontraron con los de ella, pues a raíz del nefasto suceso no se habían vuelto a ver.

2. En 1534 se promulgó la última prohibición en España y Portugal (antes hubo otras), como medida de austeridad, de los bordados de oro y plata en los trajes por ser considerados lujos suntuarios.

–Por fin –dijo Albino a modo de saludo–, te he esperado todos estos días, pero no te has dejado ver. He llegado a pensar que la tierra os había tragado, a ti y a tu ama. Por cierto, ¿cómo se encuentra ella?

La Nena le explicó la situación, añadiendo que estaba muy preocupada.

Luego Albino decidió acompañarlos para ver asimismo de cerca el funeral.

La iglesia Mayor era un hervidero de público y también sus aledaños. Habría sido imposible penetrar en su interior, pero tras la ceremonia, el cortejo fúnebre que representaba al monarca ausente, marcharía en procesión silenciosa hacia el palacio de Bernardino Pimentel, que era el lugar donde se alojaba ese rey extranjero e itinerante siempre que visitaba la villa. Para ello la comitiva tomaría la ancha corredera de San Pablo, calle plagada de nobleza y linaje, y en la que ahora los ciudadanos se amontonaban entre apreturas y empujones capaces de causar algún que otro accidente.

Dimas y Leona con La Nena y Albino se encontraban también allí, instalados firmemente en su trocito de calle, decididos a defender el sitio con uñas y dientes si ello fuera necesario. Y de pronto, frente a ellos, La Nena vio a Fapo. Era fácil reconocerlo a pesar de la gente. Medía un palmo más que el más alto y su extraña estampa, así como su rostro agraciado (tez morena, afeitada, y larga y oscura melena ondulada) le hacían visible a distancia, destacando arrogante, entre el conjunto de cabezas vulgares y similares todas. La Nena pensó mientras lo contemplaba que si la muchedumbre fuera una iglesia, él sería sin duda el campanario.

–¡Fapo, Fapo! –llamó la niña agitando las manos en el aire.

Fapo la oyó y como cosa lógica se unió al grupo tras esquivar con dificultad al gentío.

Mientras la comitiva fúnebre desfilaba delante de ellos Fapo hacía un sinfín de comentarios, explicando a los demás detalles y pormenores de la ceremonia y de los trajes, que él decía saber por haber tenido en el pasado relaciones con familias nobles y de abolengo.

–Me dedicaba a las artes escénicas –anunció con tono rimbombante–, ya sabéis, artista, comediante, y me contrataban en mansiones y palacios para amenizar sus fiestas. Habré conocido casas... No exagero si os digo que más de cien.

Leona lo miró por el rabillo del ojo. ¿Artista? ¿O titiritero tal vez? Muy joven parecía el mozo para tanta experiencia, pero en fin, allá él. A Leona ni le iba ni le venía.

–Contemplad, si no me creéis, este sayo que visto de rica badana –continuó diciendo Fapo como si leyera el pensamiento de Leona–. Última moda. Me lo regaló el hijo bastardo de un príncipe con el que tuve contactos, pero –sonrió– no me preguntéis su nombre pues la indiscreción no forma parte de mis defectos –luego añadió, quitándose importancia–: la vida de toda esta gente no tiene secretos para mí.

La procesión avanzaba por la corredera de San Pablo. Al final de la calle estaba el palacio al que se dirigían, allí terminaría todo. Era, pues, imprescindible prestar atención y no perder detalle. La Nena se alzaba sobre las puntas de los pies, estirando el cuello más de lo que podía, queriendo acaparar la máxima visibilidad para retener en su memoria todo aquello que luego contaría a Melusiana. En algún momento Fapo se ofreció a auparla levantándola por la cintura, pero ella rehusó. Ya estaba crecidita para ir en brazos.

–Todos visten de negro... –comentó Albino ante la evidencia.

–Sí. Es lo normal y lo adecuado –respondió Fapo con su gran conocimiento mundano.

Y así era. Hombres y mujeres vestían efectivamente de negro; amplias y redondas las faldas de ellas, asentadas sobre el verdugado; soberbios y elegantes los trajes de ellos, cubriéndose la mayoría con capas de terciopelo en las que brillaba el llamativo forro de cendal.

Claro que, gracias a Fapo que les proporcionó toda esa información, porque el resto del grupo no había visto nada parecido en su vida.

–Y ese blanco cuello rizado que todos llevan y que destaca sobre el negro como la luna en la noche –prosiguió ilustrando Fapo– debe su rigidez al rebato, un alambre al fin, y os lo aseguro, no sufráis por no llevarlo, es incomodísimo.

La Nena pensó que sí, que Fapo tenía razón y que ella era afortunada por no tener que utilizarlo.

Después Fapo comparó la tristeza que se palpaba en el ambiente con la alegría callejera de unos años atrás, cuando con motivo del nacimiento de uno de sus hijos el emperador mandó colocar en la plaza del Mercado una fuente de la que manaba vino.

–¡Vino! Ya veis –dijo con exageradas muestras de entusiasmo–. Y nada de pagarlo, ah no. Vino completamente gratis para sus súbditos. ¡Qué festejo aquel! Llenaban las calles pífanos y flautines...

–Pero eso... –interrumpió Leona– eso sucedió por el nacimiento del infante Felipe si no recuerdo mal, allá por el año... ¿Qué año era Dimas?

Dimas respondió que el veintisiete.

–Sí, eso es, el veintisiete. De modo que tú no puedes acordarte con tanta claridad, entonces serías apenas un chiquillo.

Fapo se extendió a lo largo y atusó limpiamente los cuellos de su jubón que se habían arrugado un poco.

–Me acuerdo como si fuera ayer –aseguró mirando a Leona por encima del hombro–. Y por si deseáis saberlo, distinguida dama, no soy tan joven.

Leona sonrió para sus adentros. No era dama y mucho menos distinguida, pero aquel guapo y estrambótico mozo tenía su gracia, eso era innegable. Comprendiendo que dejaba a La Nena en buenas manos resolvió, una vez terminado el funeral, regresar junto a Dimas a la posada.

–Acompañaré a Melusiana hasta que vuelvas, querida –dijo para tranquilizar a La Nena–. Tú ve con ellos y diviértete un poco, que llevas varios días encerrada y que mal rayo me parta si eso es lo propio de tu edad.

La Nena abrazó efusivamente a Leona, dio la mano a Dimas y así se despidieron.

Cuando estuvieron los tres solos, Albino y La Nena propusieron ir paseando hacia la plaza del Mercado, allí donde Fapo tenía su zona operativa, su círculo de acción. Mas para sorpresa de ambos, este se negó.

–No –dijo tan solo–. Hoy no.

Los chicos lo interrogaron con la mirada, extrañados de la decisión; Fapo sin embargo no parecía dispuesto a darles explicaciones. La tarde se abría paso en la villa, imponiendo su color púrpura tan típico de los atardeceres castellanos, y las siluetas de las casas lentamente se fundían con el cielo.

–¿No habrán surgido problemas...? –preguntó Albino que odiaba y temía la palabra problemas.

–¿Problemas? ¿De qué tipo? No, no, no, vive Dios. Simplemente me he tomado unos días de descanso, eso es todo.

Pero un poco más tarde terminó confesando que había cruzado unas palabritas con dos alguaciles bastante impertinentes que no confiaban en la legalidad de sus juegos.

–Nada de importancia, no os asustéis –dijo muy ufano–, ahora bien, no me perjudicará lo más mínimo desaparecer durante algún tiempo de la escena.

Caminaban al paso Fapo, La Nena y Albino, abarcando la totalidad de una calle que paulatinamente, debido a la hora, iba quedándose más y más solitaria.

–Tal vez si cambiaras de zona... –dijo La Nena.

Fapo acarició sus mejillas arreboladas, mejillas de niña expuestas al sol. Sonreía con suficiencia chulesca.

–No te preocupes, me las arreglaré –e infló la voz para añadir–: Todavía no ha nacido en tierras cristianas el hombre capaz de reducir a Fausto Polonio Cornelio.

Estas palabras dichas con tanta seguridad y aplomo, despejaron los posibles miedos que pudiera albergar La Nena. Pero Albino no se mostraba así de confiado.

–Valladolid se está poniendo difícil –musitó–, difícil de verdad –ensimismado de repente, apagó un poco la voz–. Tengo que encontrar la manera de marchar a Indias de una vez por todas. –El sol bajo y flamígero incidía en sus ojos, obligándole a entornarlos. Incluso se los protegió ayudándose de las manos haciendo visera con ellas, pues el raído gorro de fieltro cada vez estaba más raído y más deteriorado–. Si pudiera llegar hasta Sevilla... No pido sino eso. Allí ya me ocuparía de embarcar en cualquiera de esas naves que surcando el río llegan hasta Cádiz, hasta el mar...

En realidad no hablaba para sus amigos, pensaba en voz alta, pero La Nena suspiró:

–¡Cádiz! ¡El sur! Sí, qué maravilloso sería llegar allí.

El resto de la tarde lo pasaron hablando del sur. Fapo también lo conocía y aseguró que no le importaría volver a visitarlo. Incluso les contó historias legendarias de los antiguos habitantes sarracenos que encendieron y alteraron la curiosidad de los chicos. Así que La Nena volvió a la posada con la cabeza más llena si cabe del sur, ese paradero mágico colmado de palacios morunos cuyas torres y minaretes rozan las nubes, donde los hombres beben sirope fermentado y comen unas extrañas uvas dulcísimas, exprimidas y arrugadas, mientras sus mujeres danzan día y noche envueltas en sedas y gasas que dejan adivinar su piel, y con las rizadas y espesas melenas repletas de adornos y pedrería haciéndoles cosquillas en los hombros.

Tres: La Nena

Capítulo 8.º

Cuando La Nena regresó a la posada encontró a Melusiana sentada en la cama, con el medio cuerpo inferior cubierto por las mantas. Tenía la mirada ausente y los despeinados cabellos le colgaban más abajo de los hombros. De sus sienes surgían canas opacas (¿recientes tal vez?) que La Nena no recordaba haber visto antes. El cuerpo estaba lacio y algo enflaquecido.

–Entra, Nena, hija, y siéntate a mi lado –pidió Melusiana.

La niña pensó mientras obedecía que su ama había envejecido y que además estaba muy cansada.

Leona apareció enseguida portando una bandeja con comida: pan, arrope y requesón, pues era sabido que Melusiana esa noche tampoco se levantaría.

Mientras La Nena engullía con ansia, Melusiana habló así:

–Sin saber por qué, esta tarde he estado acordándome de tu madre.

–Mi madre eres tú –contestó La Nena masticando a dos carrillos.

Melusiana pareció no oírle.

–Tu madre... qué mujer. ¿Te he hablado alguna vez de lo hermosa que era? Era hermosa como una lamia, y como ellas, también peinaba sus cabellos con peine de oro.

Sin dar reposo a su boca, La Nena se acercó más a Melusiana.

–Tú has heredado sus cabellos, querida niña, suaves, cobrizos y con una veta rubia partiendo de la frente.

Era cierto que la tenía, e involuntariamente con la mano libre se la tocó.

Melusiana apoyó la cabeza en la pared, cerca del crucifijo que presidía la alcoba. Hablaba con los ojos bajos, casi cerrados; parecía fatigada.

–Tu madre era tan joven y tan bella... todos los hombres solteros del valle se la disputaban. Todos, querida niña, mozos y menos mozos. Pero ella no amaba a ninguno, a ninguno le daba esperanzas, con ninguno se comprometía. Cómo la recuerdo acercándose al río a lavar su cuerpo... Marchaba lejos del pueblo, allí donde nada más que las montañas la observaban, pero siempre había algún mirón que se escondía y la espiaba. No la dejaban en paz, venerada por unos, envidiada por otros, admirada por todos... Cierto día advertimos que esperaba un hijo, que estaba embarazada. Y no había un hombre junto a ella, nadie que respondiera de ese hijo que llevaba encima... ¡Ah, tu madre! ¡Qué mujer! No supimos nunca de quién eras, ella jamás lo confesó. Calló, calló como una estatua, no delató a nadie, selló su boca. Además, según me dijo, no quería compartir a su bebé, te deseaba solo para sí. Pero entonces sucedió algo horrible. Las lenguas envidiosas comenzaron a acusarla, decían que el hijo que llevaba en sus entrañas era del Marsellés, un leproso extranjero que había pasado por el pueblo meses atrás, acarreando su mal y haciendo sonar la campanilla. Lógicamente en cuanto se escuchaba la campanilla la gente cerraba las puertas de sus casas y se encerraba dentro, temerosa del contagio. Por eso el pobre hombre apenas se dejó ver. Vivió varios días en el interior de una gruta, lejos de todos, y tu madre le llevaba comida, ungüentos que le aliviaban y le hacía compañía. Era tan buena tu madre... sin proponérselo se había encariñado de él. Nunca tuvo miedo a contagiarse pero yo sé que aunque le hablaba, le escuchaba y le atendía, guardaba las distancias elementales, con lo que pensar que el hijo de su vientre era del Marsellés... Cierto es que muchas otras personas también se vieron incapaces de creer aquello, pero un bulo es un bulo como la envidia es la envidia y el odio es el odio, ya lo sabes, hija, y si no lo sabes, bien te vendrá aprenderlo. Solo los amigos estábamos a su lado. Y éramos pocos, créeme, muy pocos. La mayoría de los vecinos tenía un hermano, o un hijo, o un primo despreciado por tu madre y eso era algo difícil de perdonar. El rechazo a que la sometieron fue espantoso. Decían de ella que estaba infectada. Tuvo que recluirse en su casa, no podía salir a la plaza, ni acudir a la iglesia. No podía mezclarse con los demás en el mercado ni bajar al río. A los que la visitábamos frecuentemente también nos miraron mal. Tu madre lloró durante meses, lloró lágrimas amargas y seguramente una de ellas traspasó su vientre y se posó sobre tu pequeña mano incompleta aún, justo ahí, donde tienes esa marca, que es la señal que impedirá que olvides de por vida cuán grandes fueron sus sollozos.

La Nena ya no masticaba. Miraba con los ojos fuera de las órbitas a la mujer que le contaba una historia por ella ignorada hasta entonces y que no era otra que su propia historia. Se palpó la marca de la mano. Siempre había estado ahí, en el dorso, pero solo ahora la reconocía claramente como la forma de una lágrima.

–Qué triste historia –dijo la niña conmovida–, triste de verdad, pero sigue, por favor.

–Bien. Cuando por fin naciste –prosiguió Melusiana retomando el hilo del relato donde lo había dejado– tu madre supo al cogerte en brazos que todo lo sufrido hasta entonces había merecido la pena. Yo estaba a su lado, como imaginas, y puedo asegurar que nunca he visto en mis largos años de partera una madre más feliz. Pero la desgracia la perseguía, se había ensañado con ella –Melusiana sacudió la cabeza en el aire con fuerza–. Oh, bueno, pequeña, el resto de la historia lo conoces de sobra, ya sabes, lo de las fiebres que le entraron, tan corrientes en mujeres que acaban de tener un parto y que tantas vidas se llevan, y lo de la promesa que le hice en el lecho de muerte de cuidarte y protegerte y... y...

Deliberadamente dejó de hablar y se revolvió incómoda entre las mantas. La voz se le quebraba, los recuerdos le pesaban y los dedos le temblaban.

–No pude hacer nada por ella –dijo con sufrimiento–, no logré salvarla y te aseguro que lo intenté. Con todos mis conocimientos y con todas mis fuerzas. De nada sirvió mi ciencia, mi experiencia, mi herbolario...

Hubo una pausa larga y espontánea. Compartida. Melusiana, sumida en hondo silencio, reflexionaba. La Nena acariciaba la marca de la mano aceptada sin vacilaciones como la lágrima de su madre, su única y legítima herencia. Pero por encima de todo estaba aquello que no podría nunca agradecer a nadie más que a ella: la vida.

–¿Sabes, Melusiana? –resolvió al cabo de un rato–. Quisiera dar las gracias a mi madre, allí donde se encuentre, porque es una suerte haber nacido y se lo reconozco de corazón. Me gustaría que lo supiese. ¿Crees que me escuchará?

Entonces Melusiana le tomó una mano, la de la lágrima, y dijo pausadamente alargando las palabras como si fueran oraciones:

–Tu madre estará en paz, ahí donde reposan las almas de los difuntos que han hallado la luz, esa que los guía hasta la casa definitiva y suprema. Y yo te digo querida niña, que puedes hablarle cuanto quieras; ella te escucha.

Después se incorporó y comenzó a deshacerle las trenzas, como cada noche. También como cada noche, le desabrochó el vestido.

–Ahora quiero dormir, estoy fatigada. No es hoy mi mejor día ni este mi mejor momento. Mañana partiremos. Ah, no te lo había dicho, ¿verdad? Pues ya lo sabes. Mañana haremos el equipaje y marcharemos. Hemos pasado demasiado tiempo en Valladolid, demasiado, hija, y no es que no me guste la villa, no, no, pero, ¿qué nos queda por hacer aquí? Tengo alguna moneda obtenida con mi trabajo, nada que merezca la pena atesorar, desde luego, pero nos servirá para los primeros gastos. Leona además nos preparará una abundante cantidad de provisiones. Buena mujer esta Leona, apuesto lo que me queda de herbolario a que voy a extrañarla bastante cuando la dejemos –Melusiana se recostó del todo provocando al hacerlo que la cama crujiera y se tambaleara–. Y no me hagas preguntas, querida niña, vamos a descansar. Todo lo que quieras saber lo hablaremos mañana por el camino, que me temo que será largo, muy largo.

–Melusiana... –titubeó La Nena–, solo una cosa más...

–Dime, hija, dime –dijo Melusiana con tono condescendiente.

–Ya sé que te vas a reír... no debería decírtelo, pero es que no me lo quito de la cabeza.

–Anda, suéltalo hija, suéltalo y durmamos.

–Mi padre... no es un leproso, ¿verdad?

Melusiana carraspeó, se revolvió en la cama y se cubrió con las mantas.

–Peor que si lo fuera, mucho peor. Un leproso es tan solo un hombre enfermo, pero un hombre. Y quien incumple sus responsabilidades de padre es por el contrario una alimaña, una mala bestia. Y me alegro de que me lo hayas preguntado, esa es la realidad y ya tienes edad de conocerla, ea.

Melusiana tenía los ojos cerrados y la respiración acompasada, al igual que la niña. Sin embargo no dormía. Estaba demasiado preocupada para hacerlo, demasiado alterada, y es que sospechaba en su interior y sin poder precisar cómo, que su fuga de alguna manera peligraba. A La Nena no quiso hablarle de sus temores para no asustarla, pero los tenía y grandes. Y no eran nuevos, no. Llevaba con ellos todos esos días que había pasado postrada en la cama, meditando. Habían sido muchos errores cometidos en poco tiempo, torpes y escandalosos, dignos de un principiante y no de alguien que hizo de la discreción y el disimulo su bandera. Recopiló uno a uno todos sus fallos y mentalmente los enumeró: la funesta idea de guardar la media onza de oro en la bolsita de cuero dando pie con ello a que se la robaran, sus prácticas como sanadora por gran parte de la zona norte de Valladolid, que sin ser excesivas pasaban de dos o tres diarias, sus repetidas visitas al proveedor, ese maldito Martín Escudero del que desconfió desde un principio y al que ni siquiera había llegado a conocer, exponiéndose con ello a una oleada de negativa publicidad. ¡Hombre miserable e indeseable! Desde un principio algo le decía que haberse topado con él no iba a tener buenas consecuencias. Y solía acertar en sus presentimientos. De antiguo le venían esas cualidades proféticas, y nunca supo si eran un don de nacimiento o mera intuición aprendida y adiestrada con el tiempo.

Convencida ya como estaba de que esa noche la pasaría en vela, sus pensamientos volvieron nuevamente junto a la madre de La Nena. Evocó con toda nitidez sus últimos momentos en la vida y la promesa que hizo a la joven madre de tomar a la niña como propia, indefensa criatura de poco más de diez días que quedaba huérfana y sin nadie en el mundo que se hiciera cargo. Salvo ella. Melusiana lo recordaba bien. La moribunda se aferró a su brazo con una fuerza inusitada para el deterioro físico que padecía, la piel con la palidez del enfermo que ha perdido mucha sangre, los ojos hundidos en unas cuencas profundas, el pulso febril, la voz muy baja y temblorosa, pidiendo con apremio que de los labios de la partera saliera la promesa solicitada.

Y la promesa salió. Rápida y sin indecisiones. Melusiana nunca hubiera imaginado que hacerse cargo de La Nena fuera a resultarle tan satisfactorio. A la niña había dedicado gustosamente estos doce últimos años de su vida que, sin lugar a dudas, serían para siempre los mejores.

La promesa... ¿La rompería, como rompió las otras, si la arrestaban y encarcelaban obligándola así a abandonar a su pequeña? Solo de pensarlo le recorrió un profundo escalofrío de pánico.

Desde su alcoba sin ventana imaginó afuera un viento agradable soplando templado, como templada iba volviéndose la primavera. Melusiana se levantó y trató de comenzar a preparar el equipaje. En silencio, para no perturbar la tranquilidad de la posada. De pronto sentía el peligro más cerca que nunca, notaba el presentimiento llamando su atención, avisándola. Primero determinó que cogería a la niña y partiría en ese mismo instante, sin esperar al alba, pero luego recapacitó: en medio de la oscuridad que la rodeaba, ni su exiguo equipaje era capaz de reunir, así que sería cabal, espantaría el miedo, volvería a acostarse y esperaría a que se hiciera de día. Mucho ya no podía faltar.

Melusiana se acurrucó junto a La Nena, la abrazó y la besó suavemente, para no despertarla, pero a la vez con codicia y con ansia, como si aquellos fueran los últimos besos y abrazos que le daba.

Capítulo 9.º

Al día siguiente por la mañana Melusiana desde muy temprano levantaba campamento. La Nena pidió permiso a su ama para salir a buscar a sus amigos, el inseparable Albino y Fapo, el de las calzas acuchilladas, con el fin de despedirse de ellos.

–Ve, hija, pero no tardes. En cuanto regreses, partiremos.

Encontró a Albino jugando entre escombros. Pertenecían a la vieja muralla que había aparecido, como resucitada, con el derribo de un edificio llevado a cabo para levantar otro nuevo, más moderno y mejor acondicionado. El suelo de Valladolid, pedregoso y arenisco de por sí, presentaba aquí la sequedad y polvareda típica de las obras y a Albino se le veía más blanco si cabe, y más sucio.

Después, ya juntos, buscaron a Fapo. Lo encontraron frente al pórtico de San Pablo, una iglesia alejada de la plaza del Mercado y La Nena dedujo que por cambiar de zona había seguido su consejo. Fapo intentaba hacerse con un pequeño auditorio y para ello recurría a ingeniosos trucos de magia y prestidigitación: bolas que se esfumaban y luego aparecían, pañuelos que cambiaban de color, monedas que inexplicablemente desaparecían entre los dedos... Luego descubría su cabeza de frondosa melena negra y pasaba la gorra para obtener algún dinero. Pero tan solo un escaso público se detenía a observar sus juegos, pues la mayoría de la gente que por allí transitaba se dirigía con cierta prisa al interior de la iglesia.

–Fapo, me marcho –dijo La Nena–. Melusiana y yo nos vamos de Valladolid, ya sabes, al sur, como planeamos. He venido a despedirme.

Los ojos de la niña parecían húmedos. Fapo y Albino cerraron filas en torno a ella, animándola. Ya sabían que la separación se produciría pero ahora, de pronto, a los tres les resultaba incómoda. Para alargarla lo máximo decidieron acompañarla a la posada y, de paso, se despedirían también de Melusiana.

–Pero tu trabajo... ¿vas a abandonarlo? –preguntó La Nena a Fapo con evidente sentimiento de culpa.

Fapo soltó una estrepitosa carcajada.

–¿Mi trabajo? Oh, plugo al cielo, creo que podrán prescindir un momento de mí –respondió con su amplia sonrisa y haciendo tintinear en su bolsillo las escasas monedas de vellón que con no poco esfuerzo había recaudado.

En la posada, al llegar, les aguardaba una desagradable sorpresa.

–¡Ay Dios mío qué desgracia! –gritó Leona saliendo al encuentro de La Nena una vez que la divisó acercarse– ¡Qué desgracia! ¡Qué desgracia!

Tras ella venía Dimas, el marido, también bastante alterado.

Leona no podía hablar, estaba congestionada. Lloraba y gritaba a partes iguales y abrazaba a La Nena para luego continuar gritando y lamentándose. Dimas, muy aficionado a las fechas, comentó que no la había visto así desde la peste del diecisiete, cuando la mortal epidemia se llevó a su único hijo, un bebé de nueve meses al que nunca consiguieron olvidar.

La Nena por su parte no estaba para condolencias y apenas prestó atención a la historia de Dimas. Una cosa le preocupaba en ese instante: ¿por qué no aparecía Melusiana? ¿Dónde se encontraba su ama?

Leona le contó entre sollozos que la habían detenido. Llegaron dos alguaciles nada más marcharse ella, y la tomaron presa. No fue así, sin más, claro. Primero le pidieron su permiso médico, que ella naturalmente no poseía. Alegaron los alguaciles que alguien había denunciado a una mujer forastera que pasaba los días haciendo la competencia a médicos y físicos, y sin licencia, o con licencia como mucho de comadrona, que era lo único permitido a mujeres sin estudios universitarios. Registraron sus cosas y encontraron el delator herbolario, con las flores de mandrágora, con las hojas de beleño y de belladona, tan alucinógenas y peligrosas; con raíces y semillas de estramonio, tan narcóticas, tan prohibidas. Ella no pudo aportar nada en su defensa. Por supuesto se lo confiscaron. Después se la llevaron con ellos. Leona añadió que los alguaciles fueron bastante desconsiderados y que incluso la llamaron bruja.

Bruja. A La Nena se le revolvió una náusea. Es por lo que huían y tal vez por lo que Melusiana había caído.

–¿Dónde la han llevado? ¿Dónde se encuentra? –preguntó la niña.

–No nos lo dijeron –dijo Dimas apesadumbrado–, pero como es una detención puede haber ido al Consistorio o directamente al calabozo.

La Nena entonces rompió a llorar. El grupo entero la rodeaba con sincera conmoción. Leona lloraba también y de vez en cuando se sonaba ruidosamente con la sobrefalda que a modo de delantal le cubría la saya. Dimas comentó volviendo el rostro hacia su esposa:

–Tenía entendido que Melusiana solo había ejercido de curandera con gente de confianza, vecinos, amigos y personas así.

–Pues claro. ¿Qué crees? –saltó Leona–. Jamás hemos querido comprometerla, pero habrá habido alguien que se ha ido de la lengua.

Fapo, que había estado reflexionando, dijo con resolución detectivesca:

–No me extrañaría nada que ese Martín Escudero esté detrás de todo esto. Por lo que sé de la historia, Melusiana le ha presionado bastante y él, de alguna manera que se nos escapa, ha llegado a conocer la forma de librarse de ella.

La Nena dejó un momento de llorar y miró a Fapo con suma curiosidad. Tenía los ojos hinchados, arrasados y las mejillas sucias de habérselas restregado.

–Pero... ¿qué más le daba? Ya no vive en Valladolid, se ha mudado. Mi ama daba el dinero por perdido. No pensaba molestarle más.

Fapo respondió que había muchos hombres así, despreciables y falsos, que antes de abrir la puerta a una nueva estafa, cerraban completamente la anterior.

–Y hasta me parece normal que haya salido de Valladolid –siguió diciendo Fapo– pues ese tipo de farsantes cambia a menudo de domicilio y sin dejar pistas. No sería Melusiana la única que le acosaba, podéis estar seguros.

Entre todos decidieron buscar a Melusiana allí donde estuviera y tratar de hablar con ella. Había muchas cuestiones pendientes que resolver. Fapo y Albino se ofrecieron voluntarios para hacerlo; Fapo porque su conocimiento del trato necesario para comunicarse con las altas esferas le ayudaría, dijo; Albino porque después de que había colaborado con la mala suerte de Melusiana, era lo menos que podía hacer.

La Nena entró en la posada y se lavó la cara en la pila del zaguán. Leona la ayudó, le limpió las mejillas inflamadas, la acompañó a la alcoba. Allí cogieron la pañoleta, no era aconsejable ir a ciertos lugares sin ella, y Leona se la anudó. Sobre la cama estaba el equipaje revuelto, sacado por la fuerza de la alforja registrada, y la faltriquera con la tierra de la sepultura de la abuela, que aunque abierta y desparramada por el suelo, era evidente que a nadie interesó. Agachada, La Nena la recogió y cerró su extremo con el cordel que un día fue la amarra que inmovilizó a Albino. Luego se unió a sus amigos indicándoles con los ojos que estaba lista para marchar.

Aún Leona la retuvo un momento más, protectora, como la madre que la vida no le había permitido ser.

–Y que sepas que nada te faltará mientras permanezcas en Valladolid, hija. Aquí tienes tu casa.

Sí. Buena mujer esta Leona. Si alguna vez conseguía salir de la villa, también ella iba a echarla de menos.

Nuevamente estaban inmersos en las calles y Fapo propuso acudir en primer lugar al consistorio. Formaban un pintoresco cuadro los tres: Fapo alto, bien plantado, con esas calzas tan elegantes como inadecuadas invadidas de polilla que él, a base de limpios zurcidos, trataba de disimular; Albino pálido y extraño, con la ensortijada cabellera blanca escondida bajo el gorro de raído fieltro, no pudiéndose precisar qué era más llamativo, si el pelo o el gorro. Y La Nena, sucia y desaliñada por las largas semanas de huida, y, sin embargo, hermosa en la corta edad, anticipando grandes progresos venideros.

En el consistorio casi los echan a patadas, pero Fapo se impuso, hizo gala de su oratoria locuaz y consiguió que los escucharan. Solo que nada sabían de Melusiana y les propusieron secamente, en vista de quienes la habían arrestado, que se dirigieran a la cárcel.

La cárcel. La Nena se estremeció y notó la mano de Fapo en su hombro, grande y serena como el rostro de un anciano.

Era la cárcel un fortín de piedra salpicado de diminutas ventanas enrejadas. Oscuro tanto por dentro como por fuera. Un frío inmediato se instaló en el interior de La Nena, y supo que, aunque era la primera vez que lo sentía, no sería en cambio la última. Como en el consistorio, tampoco aquí fueron bien tratados pero les dieron al menos razón de Melusiana. Efectivamente se encontraba detenida, aunque no les permitían visitarla bajo ningún concepto. Habían surgido problemas y estaba incomunicada.

–¿Incomunicada? –preguntó Fapo extrañado–. ¿Por qué?

–¡Menos preguntas! –le respondieron con hosco tono de voz–. Esta mujer no es castellana, ¿verdad? Pues bien, hay mucha ponzoña tras ella, la buscan, su idioma la ha delatado.

Ahora Melusiana debía someterse a las diligencias típicas de estos casos: tras la detención, el interrogatorio y después la condena, sin poder precisar en qué consistiría ni lo uno ni lo otro.

Y como la reclamaban en Pamplona, añadieron, lo normal, en ese caso, sería el traslado.

Así estaban las cosas. La Nena salió de allí desolada. Tenía a Fapo y a Albino junto a ella, y también a Leona, en la posada, pero nunca se había sentido tan abandonada. Un raudal de preguntas la asaltaban: ¿cómo se encontraría Melusiana? ¿Qué trato recibiría? ¿Comería? ¿Pasaría frío? ¿Sería torturada? De pronto le venían al recuerdo aquellas historias que los muchachos mayores del pueblo solían contar para asustar a los más pequeños, historias carcelarias donde verdugos enmascarados torturaban a los reos. Y aunque Melusiana siempre la tranquilizaba diciendo que eran cosas de chicos exagerados, ahora era imposible ignorarlas.

–Escucha –dijo Fapo comprendiendo que de momento nada más podían hacer allí–, vuelve a la posada y espera. Te prometo que conseguiré que nos permitan ver a Melusiana antes de su traslado. Confía en mí. Ya lo sabes, muy pocas cosas se me resisten, no lo digo por decir pequeña, no soy normal; estás ante Fausto Polonio Cornelio.

Regresó pues a la posada. La reducida alcoba sin ventana le pareció inmensa, llena toda ella de la ausencia de Melusiana. Recordó otras situaciones parecidas, antes de la huida, allá en el valle, cuando su ama se escondía y no la llevaba con ella, y comparó la soledad de entonces con la que sentía ahora. Involuntariamente le vino a la cabeza una canción.

Cantan los gallos,
yo no me duermo
ni tengo sueño...

Cuando Leona después de faenar con los caballos entró en la alcoba, la encontró profundamente dormida, la cara sonrosada, los labios entreabiertos. Un hilito de saliva se deslizaba por una de sus mejillas. Parecía un duende. No se había desnudado pues no tenía a nadie que le desabrochara el vestido y tampoco había deshecho sus trenzas. Leona meneó preocupada la cabeza.

–Una desgracia –musitó–, lo mires como lo mires, una auténtica desgracia.

Capítulo 10.º

–¡Nena, sal! ¡Traigo noticias!

La voz de Albino penetró súbitamente en el interior de la posada. La Nena desayunaba migas con tocino y con celeridad abandonó la cuchara y salió al encuentro de su amigo.

Albino venía sofocado por la carrera y con el rostro enrojecido como nunca por el esfuerzo.

–¡Lo ha conseguido! ¡Ha conseguido que puedas entrar a ver a Melusiana!

Se refería a Fapo, por supuesto. La Nena gritó de alegría. Tan solo dos días llevaba su ama presa y Fapo ya tenía concertada una visita. La Nena pensó que era en verdad un hombre eficiente.

–¡Bien! –exclamó–. ¿Pero cómo lo ha resuelto?

–Oh, bueno... Él te lo explicará. Creo que no ha sido fácil. Ahora vayamos a la cárcel, Fapo me ha pedido que te busque y te diga que te espera allí.

Corrieron cuanto pudieron. Las alpargatas de La Nena terminaban en una blanda y desgastada suela que no amortiguaba la dureza del abrupto suelo mal adoquinado, lo que resultaba muy doloroso. Pero no se quejó. La prisa era superior a todo.

A la entrada de la cárcel Fapo los aguardaba mostrando su permanente sonrisa, que además se iluminaba en cuanto veía a la niña. No llevaba puesto el elegante sayo corto de badana y aunque la mañana se presentaba calurosa, se hacía raro el efecto del amplio jubón de lino desencajado sobre las calzas. La Nena preguntó después de saludarle:

–¿Y tu sayo?

–¿Mi sayo? –respondió Fapo palpándose aparatosamente el cuerpo con su teatral estilo–. Ah sí, lo he regalado. Ya no lo necesito. ¿No ves el espléndido sol que hace? Y más que hará allí donde voy, pero eso te lo contaré más tarde.

Fapo y La Nena entraron en la cárcel. Albino permanecería fuera, esperándolos. El interior del edificio penitenciario era frío y desangelado como el panteón de un sepulcro. Lanceros y arcabuceros lo custodiaban. Las lanzas relucían y los arcabuces imponían. La Nena se arrimó a Fapo cuanto pudo, tiritando, no sabía si de frío o de miedo.

Fueron reglamentariamente registrados y al no llevar consigo nada que los comprometiera, sortearon sin dificultad varias puertas y salas. Era de admitir que Fapo había hecho un buen trabajo de sobornos a diversos carceleros con el dinero obtenido por la venta de su sayo, pues fue ese el procedimiento que utilizó para conseguir la visita, pero La Nena, en su ingenua ignorancia, jamás lo sospecharía. Ahora ante ellos se extendía un largo pasillo, lleno a su vez de otras puertas más pequeñas, sucias y corroídas de orín, y en cuya parte alta tenían una mirilla enrejada.

–Pa...parecen celdas –titubeó La Nena.

–Son celdas. ¿Qué si no?

Al principio del pasillo un carcelero dormitaba en una silla. De su cinto colgaba un manojo de llaves. Al sentir los pasos de Fapo y de La Nena se desperezó.

–Buenos días tenga vuestra merced –dijo Fapo–. Vengo con la niña, ya sabe... la visita que acordamos.

–Ah, sí –bufó el carcelero–, a la bruja.

Lo había soltado con rudeza, escupiendo las palabras y La Nena se mordió el labio inferior. El carcelero se levantó pesadamente de la silla y comenzó a recorrer el pasillo. Al andar arrastraba sus grandes pies como si fueran barcas varadas. Las llaves se agitaban en su cinto y rechinaban. La Nena y Fapo le seguían a prudente distancia. Al pasar delante de las puertas de las celdas se oían sonidos extraños escapándose por las mirillas; eran sonidos humanos, lamentos, insultos al carcelero. Fapo y La Nena, con la vista al frente, optaron por no mirar.

De pronto La Nena se detuvo y oprimió el brazo de Fapo.

–Ay Fapo, ¿qué encontraremos ahí dentro? ¿La habrán torturado?

El carcelero los apremió a seguir, alegando que no tenía toda la mañana.

–No, no lo creo –respondió Fapo en voz baja reanudando la marcha. Pero no hablaba convencido.

Era la última puerta, el último calabozo y ningún sonido salía de él. La Nena pensó horrorizada que tal vez Melusiana estuviera muerta.

–Ahí la tenéis. No alarguéis la entrevista, disponéis de poco tiempo.

La Nena asomó la cabeza, lentamente, con absoluto temor. Quería mirar, y a la vez el miedo le impedía hacerlo. Fapo la ayudó, consciente de la escasez de tiempo. Su ama estaba allí, y viva, desde luego. Un profundo sollozo surgió de su pecho. Luego se tiró a sus brazos. Melusiana lloraba con ella, abrazándola. Transcurrieron unos instantes así, en los que Fapo sentía un tenso nudo en la garganta.

–Qué te han hecho –gemía La Nena–. Qué te han hecho.

Melusiana estaba ojerosa, despeinada. Tenía las manos hinchadas y la piel de la cara y el cuello salpicada de una leve erupción sanguinolenta. Los labios abiertos en llagas. Las uñas de las manos, antes afiladas, ahora aparecían desgarradas en sus extremos y los tobillos heridos y amoratados por los grilletes.

–Qué te han hecho –seguía gimiendo La Nena cada vez más desconsolada.

–Nada, querida niña, nada que no te pueda contar, debes creerme –la animaba Melusiana–. De verdad que no me han torturado.

–Y esas manos, y esas uñas... y esa cara.

–¡Ay! Los ataques de furia que me traicionan, ya me conoces. Algo que una buena infusión tranquilizante de melisa o el antiespasmódico muérdago podrían haber aliviado en su momento, pero qué se le va ha hacer. ¡Cómo me acuerdo de mi herbolario!

Estuvieron un buen rato así, llorando y besándose, prodigándose caricias y consolándose la una a la otra. Fapo les daba la espalda entre impresionado y discreto mientras observaba la celda con precisión de entomólogo: un cuadro minúsculo (seis pies de ancho por otros seis de largo como mucho) rezumante de humedad, habitado por cucarachas y en el que entraba únicamente la débil luz que se filtraba por un alto ventanuco. En uno de los costados un entarimado hacía las veces de cama y junto a él, el consabido orinal de excrementos y la clásica escudilla para la exigua dieta carcelaria.

–Bien –dijo Melusiana al cabo de un rato retomando su habitual compostura–. He aquí cómo están las cosas: tengo sobradas sospechas de que me han detenido por culpa de ese maldito Escudero. ¿Por quién, si no? ¡Perro! –Melusiana escupió en el suelo–. Pero dejemos eso. Parece ser que dentro de dos días me trasladan. A Pamplona, que es donde se me busca y se me teme y de donde soy proscrita. Allí seré interrogada. Tienes que entender que tal vez no nos volvamos a ver. No, no pongas esa cara, es una posibilidad que ha existido siempre y con la que contábamos, ya sabes que pesan contra mí cargos de los que no sé si me podré defender. Ahora escucha esto bien: debes encauzar la vida por tu cuenta, ya no eres tan niña, yo a tu edad asistía partos con mi abuela. Has de ser madura y luchar. Quiero que salgas adelante por ti misma. No me sentiría orgullosa en absoluto de ti si sospechara que pasas los días llorando y lamentándote. Sin embargo una cosa te pido, o mejor, una orden te impongo: vete al sur, hija, continúa la huida que empezamos juntas y marcha al sur –Melusiana sonrió débilmente–. Yo no podré disfrutar de las doradas playas, ni de la brisa suave que sopla en invierno, ya ves, tantos planes hechos..., pero deseo que tú lo consigas. No olvides lo que te digo y por nada del mundo regreses al valle donde, por las razones que rodearon tu nacimiento y que tú conoces, no serías bien recibida. No me busques ni persigas mi rastro, ¡te lo ordeno!, eso te perjudicaría; no podría perdonarme nunca que sufrieras algún percance por mi causa. Si yo alguna vez vuelvo a ser libre ten por seguro que te buscaré en el sur.

–Pero... ¿he de ir sola? –preguntó La Nena sorbiéndose las lágrimas.

–No, Albino viajará contigo, al menos hasta Sevilla. ¿No quería partir a Indias ese muchacho? Solo el asunto del proveedor le retenía aquí, así que te acompañará, y pobre de él si no lo hace, díselo de mi parte. El chico tiene experiencia en fugas y por lo que he comprobado, sabe desenvolverse por su cuenta. Juntos iréis al sur. Es lo mejor para todos.

Fapo entonces intervino. Era todo un hombretón, pero seguía notando, apretado, el nudo en la garganta.

–Yo también me marcho al sur, lo he decidido estos días. En Valladolid no tengo nada que hacer. Quiero que sepas que acompañaré gustoso a la niña.

Melusiana le dirigió una mirada perpleja.

–¿Y vas a dejar tu tierra, así, por las buenas? Nadie te busca aquí, nadie te persigue...

–No lo creas –respondió recordando la conversación que mantuvo con los alguaciles en la plaza del Mercado–. Las cosas no son tan sencillas y además –añadió con ademán indiferente– esta no es mi tierra.

–¿Ah no?

–No, pero eso forma parte de una larga historia.

El rostro de La Nena, asolado por las lágrimas, recordaba a la imagen de una dolorosa. Aún así levantó sus ojos hacia Fapo, aparcando por un instante el motivo de su llanto.

–Pero... ¿Y tus viejos recuerdos de la villa? Dijiste a Leona...

–Nunca dije que naciera aquí –cortó Fapo sin hostilidad, sonriendo– pero, de todos modos, quién no se confunde alguna vez al hablar, sobre todo tratándose de fechas.

–Me satisface la idea –consideró Melusiana–. Juntos... al sur... –miró a Fapo de arriba abajo, estudiándolo–. Tú ya no eres un chiquillo... Me satisface sobremanera; hija, a él te encomiendo.

–Encomienda que me place –formalizó Fapo– y con la que no te defraudaré.

–Espero que así sea.

Acto seguido entre los tres repasaron cuantas cuestiones consideraron importantes, y entre ellas, una que La Nena no podía ignorar.

–Toma, Melusiana –dijo tristemente rebuscando entre su ropa.

Sacó la faltriquera con la tierra, pero Melusiana, después de deleitarse unos segundos con su aroma, la rehusó.

–No la quiero –dijo–. Mi futuro es incierto y no desearía llevarla al patíbulo. Contigo estará mejor. Guárdala hija, guarda el amuleto para siempre, ahora estás sola, tú lo necesitas más que yo. Pero si llega a tus oídos un día la noticia de mi muerte, aquí y ahora te libero de hacer con esta tierra lo mismo que yo hice con la tierra de mi abuela. No me busques tanto si vivo como si muero. Fapo es testigo de la orden –se dirigió a él–. En ti confío.

Entonces Fapo miró a Melusiana, y luego a La Nena que con el rostro desencajado parecía a punto de echarse de nuevo a llorar. ¿Qué desatino inmenso era aquello del amuleto? ¿Y lo del patíbulo? ¿Y lo de la tierra? No lo veía como la conversación adecuada para una despedida, le parecía inoportuna y terriblemente cruel. Y asumiendo el derecho que le confería ser ya el responsable oficial de la niña sintió que no podía consentirlo.

–¿A qué viene esta plática lapidaria? –dijo–. ¿Es la forma más correcta de hablar delante de ella? ¿No estarás exagerando? ¿Tan horrible es lo que has hecho? ¿Tan grave es practicar la medicina sin permiso?

El carcelero se aproximaba. Podían escuchar sus pisadas elefantinas y su rechinar de llaves. Eso significaba el fin de la visita.

–Practicar la medicina sin permiso... –respondió Melusiana entornando los ojos–. Piensas que ese es mi único delito... ¿Aún no lo sabes? No, ya veo que no, pero te lo voy a decir, guapo joven, aunque he querido ocultarlo durante toda la huida; ya qué más da –enderezó trabajosamente su cuerpo en gran medida aniquilado y clavó su mirada en Fapo, que la escuchaba expectante–. Me acusan de asesinato, algo difícil de defender, pero sobre todo me acusan de bruja.

–¡Bruja! ¡Qué estupidez! –saltó con una mueca nerviosa–. ¡Las brujas no existen! ¿Quién puede creer en ellas?

Melusiana rio con una risa hueca y metálica.

–Mi abuela solía decir: «De una buena mentira, más de ciento se derivan», y era sabia mi abuela, vaya que sí. En cuanto a brujas, hechiceras, genios y deidades, en mi tierra hay varios dichos al respecto. Han pasado de generación en generación y hemos crecido oyéndolos. Y mucha gente se los cree. Uno dice: *Izena dôn guztie emen da*[3].

Fapo arqueó las cejas.

–¿Perdón?

–Significa algo así como que todo aquello que tiene nombre, existe –tradujo Melusiana. Luego miró a Fapo durante unos segundos, en silencio–. Esto es lo que hay, amigo, ahora saca tú tus propias conclusiones.

El carcelero estaba ya en la celda obligándolos a salir. Sus modales eran infames. Melusiana y La Nena de nuevo se abrazaron. Pero La Nena ya no lloraba. Como deseaba su ama, debía madurar. Intentaría que estuviera orgullosa de ella, ahora y siempre, allí donde la vida la llevase, en la unión o en la distancia. Fapo, presionado por el carcelero, tiró suavemente de la niña, intentando despegarla de Me-

3. Euskera arcaico.

lusiana. Era tarea difícil, y no solo por la presión del abrazo. El carcelero tuvo que intervenir y con bastante menos delicadeza que Fapo. Con un rudo empellón separó a ambas mujeres, lanzando a La Nena hacia fuera.

Ya en el pasillo, con la puerta del calabozo cerrada a cal y canto, aún oyeron la voz de Melusiana que se colaba a través de la mirilla enrejada.

–¡No lo olvideees, pequeñaaa... ! ¡Al sur, siempre hacia el suuur...!

En el exterior de la cárcel el sol resplandecía como el oro. Qué brillante y tibio resultaba después de dejar la lóbrega prisión de la villa. Y porque sin la seguridad que le aportaba Melusiana La Nena ya no podía sentirse La Nena, pidió a Fapo y Albino que a partir de entonces la llamaran Mirena. Mirena tuvo la sensación de que a la vez que se despedía de Melusiana y de La Nena, lo hacía también para siempre de Valladolid.

Cuatro: Mirena

Capítulo 11.º

Mediaba junio.

El día alboreaba recién amanecido y ya estaban en camino. Fapo, que por unanimidad había sido elegido capitán de la expedición, propuso hacer jornadas de marcha que durasen la totalidad de las horas de sol y eso, en las fechas que corrían, era hablar de muchas horas andando.

Esta vez tomaron un camino principal, bien señalizado y muy transitado, nada de cañadas solitarias y pastoriles, pues Fapo opinaba que donde se palpa el movimiento es donde hay que estar, donde bulle la vida y sus gentes. Las cañadas al fin eran predilección de Melusiana y Melusiana ya no estaba con ellos.

Melusiana...

En los largos silencios de ruta, Mirena tuvo sobradas ocasiones de recordar y analizar ampliamente los últimos sucesos vividos en Valladolid, admitiendo desolada cómo esa villa le había transformado la vida. Antes de partir se despidió de Leona. Se abrazaron. Leona le había llenado una alforja de comida y la cabeza de consejos y recomendaciones. También la había llenado de lágrimas, pues era una mujer muy afectiva y la amistad contraída parecía ser de ley. Ella en cambio no lloró. Había prometido a Melusiana ser fuerte, mantenerse entera, y no llorar en un momento así podía pasar por ambas cosas. Solo flaqueó un poco cuando Leona le pidió con verdadera afección que en ningún caso dejara de mandarle noticias de su futuro paradero, por si algún día tenía la oportunidad de visitarla, a lo que Mirena, sin dudarlo un instante, accedió. Albino también se despidió de sus amigos vagabundos, de sus vecinos de chozas. Dijo que cuando volviera inmensamente rico de Indias tendría un recuerdo para ellos. Al preguntar Mirena si eso quería decir que algún día pensaba regresar a Valladolid, el chico respondió, encogiéndose de hombros, que cada cual lo interpretara como quisiera. Fapo no se despidió de nadie pues a nadie tenía en Valladolid y además, ya lo había dicho, no era esa su tierra.

Habían dejado atrás Medina del Campo, Arévalo y Ávila entre otras muchas poblaciones y ahora se dirigían a Toledo. Allí descansarían uno o dos días y después reanudarían camino cogiendo la ruta terrestre más utilizada, aquella que atravesando Malagón y Ciudad Real los llevaría hasta Córdoba. En Córdoba tenían dos opciones: bien continuar por ruta terrestre, bien por ruta fluvial, siguiendo el Guadalquivir en una pequeña chalupa hasta Sevilla, en donde el río se hacía navegable. Y de Sevilla... Albino desde luego a Indias, Fapo y Mirena simplemente a Cádiz, al anhelado sur.

Los campos dorados de espigas se extendían a su paso alternándose con grandes dehesas plagadas de jara y espliego, ricas en ganado bovino, porcino y lanar, esencia de la economía castellana.

Durante los días que duraba el viaje habían sobrevivido racionando las provisiones que llevaban y también de los robos menores que Albino y Mirena cometían; robos por otra parte infructuosos en su mayoría pues era difícil dar con la persona idónea, bien por la pobreza generalizada de la gente, bien porque de darse el caso de topar con el individuo adecuado, nunca lo hacían en el momento oportuno.

Fapo, a su manera, contribuía asimismo a sustentar la precaria economía del grupo y lo hacía valiéndose de sus hábiles juegos de apuestas o de prestidigitación. No era raro que en las plazas de los pueblos se formaran corros alrededor de saltimbanquis, comefuegos o forzudos de feria que recibían alguna moneda por exhibirse. Fapo solo tenía que encontrar su sitio allí, en el jolgorio callejero y expresar públicamente que él también tenía algo que mostrar. Otras veces recurría a la retórica y a su extenso conocimiento de romances y cantares de gesta y lo mismo declamaba en público que cantaba en el más puro estilo juglaresco, para regocijo de unos e indiferencia de otros.

Mirena le escuchaba extasiada, no importaba el número de veces que oyera los romances, para ella siempre tenían el máximo interés. Además Fapo poseía una hermosa voz, profunda y sugestiva como el eco en una caverna, que adornaba las palabras. Había varios romances que a Mirena le gustaban mucho, pero por encima de todos su preferido era el que narraba las hazañas de un tal Rodrigo Díaz, al que llamaban Cid, castellano de pro y cristiano donde los haya, cuya vida era un constante batallar contra los moros, a los que siempre vencía. Un pasaje del romance le resultaba especialmente emotivo. Era aquel en que la esposa Jimena escribe una larga carta al rey de Castilla increpándolo por las largas ausencias de su esposo, al que solo suelta para ella una única vez al año, y tan fatigado y bañado en sangre por la guerra llega que, no bien toca los brazos de su amada, se queda dormido. Jimena escribía esto vertiendo copiosas lágrimas y con los dolores del hijo que lleva en el vientre golpeando por nacer.

–¡Qué bonito! –no pudo dejar de exclamar Mirena la primera vez que lo escuchó de labios de Fapo–. Qué bonito y qué triste.

A ella este pasaje siempre le recordaba a su madre y entonces, instintivamente, acariciaba la lágrima de su mano.

–Lástima que nada más sea una invención literaria...

–¿Invención literaria? ¡Qué ignominia! –saltó Fapo fingiéndose ofendido–. Nada de eso. No, no. Este caballero existió. Todo lo que cuenta el romance sobre su vida es cierto, todo. Incluso la batalla en la que venció a los moros después de muerto. Y te diré algo más, pequeña incrédula, ya no hay hombres en Castilla de su talla y su valía, dispuestos a partirse el pecho eliminando moros... –Luego se rascó la frente–. Claro que, tampoco quedan apenas moros que eliminar.

–¿Ni en el sur? –preguntó Mirena con curiosidad.

–Ni en el sur.

Y de esa forma recorrían legua a legua el camino, andando cuando era menester y parando cada vez que se hacía necesario.

La primavera se aproximaba al verano; ellos se acercaban a Toledo. Cierto día especialmente cálido, tal vez excesivo para el mes en el que estaban, Fapo descubrió que tenía el blanco jubón tan sucio, sudado y descompuesto, y las calzas tan comidas de polilla que pensó que no era aquella la mejor manera de entrar en la ciudad imperial, señorial y principal que era Toledo, así que tomó la determinación de hacer un alto en cualquier pueblo anterior para adecentarse un poco. Y ese pueblo fue Torrijos. Allí cosería por milésima vez sus calzas y lavaría su jubón en algún arroyo cercano. Luego lo secaría al sol. Albino y Mirena no presentaban mucho mejor aspecto, pero a ellos no parecía importarles demasiado ese asunto.

Mientras Fapo se dedicaba a su aseo personal en un lavadero a la entrada del pueblo, los dos niños penetraron en sus calles. Se trataba de un pueblo sencillo, árido, donde el sol teñía todo con su brillo luminiscente impregnando la vida de letargo y de sopor. En una plaza céntrica, al abrigo de una sombra, un ciego tocaba la vihuela. Era un hombre viejo, enjuto, de piel apergaminada y estilizadas manos con largos dedos de músico. Sujetaba una péñola de ave, similar a las que se usaban para escribir y utilizándola a modo de arco conseguía arrancar bellas y melancólicas notas a su vihuela. Llevaba un ojo tapado porque se encontraba en muy mal estado, según decía, y como el otro bien se veía que estaba inutilizado para sus funciones, los niños admitieron que estaban ante un ciego absoluto, un auténtico invidente.

–Mira –dijo Albino señalando la gorra del hombre cargada de monedas–, ¿has visto cómo se apiada la gente de él? Hemos de decir a Fapo que finja un defecto a la hora de actuar. Recaudaría mucho más dinero. ¿Tú qué opinas?

–¿Un defecto? ¿De qué tipo? ¿Cojera? ¿Tullidez? ¿Parálisis? No sé... Fapo es tan perfecto...

Mirena y Albino permanecieron largo rato observándole. Lo hacían a prudente distancia, apartados de cualquier aglomeración por pequeña que fuera, pues el aspecto de ambos era un reclamo contundente para miradas y comentarios. Los ojos de Albino estaban prácticamente cerrados, saturados de tanta exposición al sol, por eso agudizaba el oído cuanto podía ya que era su sentido más desarrollado.

–Atiende, Mirena; ahora se levanta.

El ciego se levantó. Había tañido las cuerdas de su vihuela durante un largo rato y había contado varias veces su triste historia. Había recogido por ello una cantidad aceptable de monedas y ahora incorporaba torpemente su viejo y seco cuerpo apoyándose en un bastón. Ya de pie, el ciego guardó las monedas obtenidas en una talega de cuero y Albino, con su agudo oído de felino, no pasó por alto el tintineo que hicieron al mezclarse con otras ya existentes en el fondo de la bolsa.

–¡Qué oigo! –exclamó–. Este viejo va cargado.

–¿Cómo puedes saberlo? –dijo Mirena con sorna–. No ves más allá de tus narices, y a esta distancia...

–No he dicho que lo haya visto, he dicho que lo he oído. Es el sonido inconfundible de metales nobles, ya sabes, plata, oro...

Mirena meneó la cabeza y suspiró. Podía leerle el pensamiento pero aun así le dirigió una mirada incrédula.

–No estarás pensando...

–¿Por qué no? –respondió Albino arrugando la frente–. Más nos robó a nosotros el proveedor, sobre todo a ti... o a tu ama, y no le ha sucedido nada.

–No me lo recuerdes. No quiero ni acordarme de él. Solo de pensar que ese hombre ha podido denunciar a Melusiana... Pero de ahí a robar a un pobre ciego...

–Ciego sí –determino Albino– pero de pobre te digo yo que nada –y a continuación comenzó a proferir lamentos sobre sí mismo y sobre el grupo en general–. Nosotros sí que somos pobres, pobres de solemnidad. Mírate, míranos, tenemos que escondernos de la gente porque damos lástima. Tú tienes el cuerpo tan flaco que pareces salida de un hospicio, yo tengo la piel abrasada y casi me estoy quedando ciego por este continuo deambular de un lado a otro sin un techo que me cobije. Y Fapo... el desdichado no sabe cómo mantener la dignidad con tan escasos recursos. Y no hablemos de nuestras ropas, si vamos medio descalzos, medio desnudos...

Mientras Albino departía así, el ciego había abandonado su sombra en la plaza y con el zurrón y la vihuela al hombro se retiraba. De momento decidieron seguirle. El pueblo presentaba ahora la quietud y soledad típicas de la hora de comer, con el sol en lo más alto del cielo, ardiendo como una antorcha de fuego. El hombre atravesó varias calles. Lo hacía ayudándose con el bastón que, moviéndolo estratégicamente, le servía de ojos. Caminaba despacio, bien por la ceguera, bien por la edad, o quizás por ambas cosas, y de esa forma llegó hasta una iglesia. Siempre buscando la sombra, el hombre rodeó el edificio y la halló en la fachada lateral posterior, aquella que daba al camposanto.

Mirena y Albino giraron el rostro y cruzaron una mirada de asombro.

–No será capaz de sentarse de cara a... –dijo Albino con horror sin poder terminar la frase, pues era muy supersticioso

El hombre se sentó de cara a las sepulturas y abriendo su zurrón con parsimonia extrajo de él sus provisiones: tocino, pan y un odre de vino. El lugar ciertamente no era el más adecuado para comer, ante un suelo salpicado de tumbas, pero como se trataba de un ciego, era obvio que carecía de ese tipo de prejuicios.

Después de comer con frugalidad y de beber con copiosidad, el ciego se inclinó ladeando la cabeza sobre sí mismo y cerrando su único ojo visible se quedó dormido. Albino y Mirena esperaban agazapados entre las lápidas en completo silencio. No querían arriesgarse. Albino sabía muy bien que la ceguera desarrolla prodigiosamente el oído.

–¡Ahora! –dijo Albino que quería solucionar el asunto cuanto antes–. Solo tengo que acercarme muy despacio, meter la mano en el bolsillo de su sayo y apoderarme de las monedas.

–¡Pero Albino! ¿Es que no lo has visto? Ha guardado las monedas bajo el justillo interior, junto a su propia piel, no en el sayo. Es imposible que consigas sacar la bolsa de ahí sin que lo note.

Albino se frotó los ojos dañados y los entornó tratando de enfocar mejor al ciego en la distancia.

–¿Cómo? Juraría que... Bueno, da igual. Pelearé con él si hace falta. No es más que un anciano. Bien se ve que no puede ni con ese instrumento que lleva. Aunque no será necesario, míralo, completamente desabrochado por el calor, con las consumidas carnes al aire...

Y era cierto. La talega con las monedas no debía andar muy lejos, abierto como estaba el sayo y con las cintas que ceñían el justillo interior flojas y desahogadas. A pesar de todo, Mirena no se confió.

–¡Espera! –dijo sujetándole por el brazo–. No lo hagas. Es peligroso.

–Sé que es peligroso –respondió Albino enfatizando las palabras–. Si no lo fuera, ¿qué dificultad tendría ser ladrón? Cualquiera podría hacerlo. Ahora, déjame –dijo soltándose con fuerza–. Esto es así, aprovechas las oportunidades o te olvidas.

Mirena lo volvió a agarrar. El pulso le temblaba. Nunca su fuerza fue de consideración y ahora, además, estaba recortada por la tirantez del enfrentamiento.

–Pero ¿de qué hablas? No lo hagas, Albino, esto no está bien. Una cosa es coger una manzana, o alguna moneda de poco valor, pero ese hombre lleva mucho encima y no va a dejarse robar así como así.

La agitación de Albino crecía por momentos. El lugar le intranquilizaba, no quería permanecer mucho más tiempo en él.

–¡Quita, miedosa, y suéltame! ¿Pero no ves que solo es un pobre viejo ciego? Anda y vete de aquí, no te necesito para esto. Si tú no te atreves, ¡aire, fuera!, pero déjame llevar a cabo mis asuntos como quiera.

–Dijiste que nunca robarías grandes sumas. Dijiste...

– Lo haré te guste o no. Y ahora anda, corre a llorar como una nena donde tu Fapo. Sí –recalcó–, como una nena, como lo que eres.

Mirena se llevó las manos a la boca, conteniendo una exclamación.

–Eres... eres... un mentiroso. Ahora veo que Melusiana no andaba equivocada contigo. Eres mezquino y tan ladrón como el mismo Martín Escudero.

Había dicho esto con rabia, lanzándole las palabras como si fueran piedras, pero Albino no estaba dispuesto a recogerlas.

–¡Aparta y suéltame de una vez! Conseguirás que el maldito ciego se despierte. Voy a hacerlo de cualquier modo y tú no vas a impedírmelo. Pero no esperes que comparta contigo mi botín. Jamás. Que agonice si lo hago.

Albino se soltó con brusquedad, su arrebato era ya imparable y se dirigió hacia el lugar donde el ciego dormía.

Mirena por su parte permaneció escondida entre las sepulturas. Estaba ofendida y bastante enfadada, pero no hasta el punto de dejar solo a su amigo, de abandonarlo a su suerte. No era la primera disputa entre ellos, ni sería la última. Albino muy a menudo se comportaba así, duro e hiriente, mostrando su genio incontrolado. Luego se calmaba y era capaz de pedir disculpas cuantas veces fuera necesario. Mirena unas veces le perdonaba al instante y otras veces no, haciéndole sufrir un rato. En esta ocasión, sin embargo, no pensaba olvidar la afrenta tan pronto.

Sus pensamientos se interrumpieron súbitamente. Albino estaba frente al ciego, con la mano extendida hacia él y tan cerca de la bolsa de monedas que parecía que el botín fuese ya suyo. Pero apenas lo tocó, el hombre abrió su ojo inerte de par en par y aunque era un ojo sin expresión y sin vida Albino supo que se había despertado. Retiró la mano de inmediato, dispuesto a escapar de allí, pero el ciego fue más rápido y aprisionándolo por el brazo, en escasos segundos consiguió inmovilizarlo bajo su cuerpo. El ciego estaba arriba; Albino debajo. Quería soltarse, escapar, y daba manotazos y patadas inútiles que solo encontraban la resistencia del aire. El ciego, aun sin ver y con una fuerza y agilidad sorprendentes para su edad, propinaba golpes y bastonazos sin fallar ninguno sobre las costillas y la cabeza de Albino, que ahora gritaba y lloraba impotente ante la colosal paliza. Era una pelea desigual, y a la vez que le golpeaba, el hombre vociferaba insultos previsibles como ladrón, bellaco, tuno o rufián, y lanzaba blasfemias contra sus muertos. Para cuando la cara de Albino fue tan solo un borrón de sangre, cosa que sucedió en seguida, Mirena ya había salido de su lugar y corría tan veloz como podía en busca de Fapo, *su Fapo,* único ser capaz de auxiliarla en aquel pueblo desierto, dormido. Pronto lo encontró. Estaba tumbado al sol, con tan solo las calzas cubriendo su cuerpo, el húmedo jubón secándose a su lado y las medias bien plegadas y ordenadas junto a los viejos escarpines, que relucían charolados por una fina pátina de grasa. Sonreía evocando tal vez alguna etapa de su vida y con los labios entreabiertos tarareaba una canción.

–¡Fapo! ¡Fapo! –chilló Mirena desde lejos–. ¡Lo va a matar! ¡Date prisa que lo mata!

Fapo se incorporó sobresaltado. Sin darle tiempo a reaccionar, Mirena le agarró de los dos brazos y casi lo levanta en el aire.

–Eh, eh; calma. ¿Quién va a matar a quién? Haz el favor de calmarte.

Mirena le explicó brevemente con la voz entrecortada la terrible situación de Albino, a lo que Fapo respondió echando a correr sin pérdida de tiempo. La iglesia no quedaba lejos, sin embargo la distancia se les hizo eterna. Debido a la prisa, Fapo no pudo rescatar más que el calzado y con el torso desnudo y las recias piernas sin medias, su aspecto resultaba decididamente grotesco. Durante la corta carrera no cesaba de repetir:

–Que este chico terminase mal no me sorprende. Lo barrunto desde que le conocí en Valladolid. Y no será porque no se lo haya advertido.

Y añadía gritando:

–Muchacho testarudo y rebelde. Mira que le habré dicho veces que jugaba con fuego.

Mientras tanto en el interior de la iglesia, vacía de clérigos aquel día, el enterrador y el sacristán eran alertados del suceso por los gritos que les llegaban de Albino. El sacristán dormía la siesta en la sacristía y el enterrador hacía lo mismo dentro de un confesionario. No llevaban mala vida ninguno de los dos. Disfrutaban de una especie de merecida canonjía conseguida por los largos años entregados a la iglesia y a su anexo cementerio. Por su dedicación al trabajo, ni uno ni otro habían formado familia propia y podía decirse que la iglesia era la sustituta de todo cuanto les faltaba. Por eso, al escuchar los gritos, las maldiciones, los juramentos, salieron desperezándose a defender lo que para ellos era su territorio y casa. A la vez aparecieron Fapo y Mirena y entre todos arrancaron de las manos del ciego al pobre Albino, que ya no emitía sonido alguno pues, inerte, desmayado, hacía un rato que había dejado de luchar. Algún curioso comenzaba también a congregarse allí.

El sacristán porfiaba elevando los brazos al cielo.

–¡Esto clama al Hacedor! ¿Y tenéis que venir a resolver vuestras diferencias a los dominios de Cristo?

Mirena, inclinada a los pies de Albino, trataba de averiguar si quedaba algo intacto en el cuerpo de su amigo.

Después se procedió a la exposición de los hechos, tomando el sacristán arbitrariamente el cargo de juez. El ciego explicó con una nueva humildad recién adquirida cómo el manilargo, el ratero ese, había intentado robarle, a él, un pobre lisiado que sobrevivía gracias a la caridad de las buenas gentes que le socorrían. No podían correr lágrimas de sus ojos porque desde tiempo atrás estaban secos, pero mostraba toda la indefensión de un sujeto en clara inferioridad de condiciones. Daba pena escucharle. Los curiosos que habían ido llegando asintieron con la cabeza, afirmando lo que el ciego decía y añadieron que ya era hora de dar un escarmiento a toda esa legión de ladronzuelos de mala ralea que tanto abundaban y proliferaban. Y como Albino no tuvo opción de defenderse, y careciendo Fapo y Mirena de argumentos a favor del muchacho, la sentencia se inclinó de parte del pobre anciano ciego, que según Albino no era pobre y por lo que indicó Fapo más tarde, no sería ciego y seguramente, tampoco demasiado viejo.

El sacristán, ayudado por el enterrador, mandó desalojar el lugar. Y deprisa. Por ese día ya habían alborotado bastante. Fapo se adelantó hasta él y señalando a su amigo que yacía sobre la hierba del cementerio, pidió permiso para atenderlo y tratar de curarlo en algún departamento de la iglesia.

–No puedo consentirlo –respondió el sacristán mirando la tostada piel desnuda de Fapo con evidente desprecio– si antes no cubrís con algo de ropa vuestro cuerpo. Nadie osa entrar con tan impúdico aspecto a la casa del Señor.

Fapo agrandó los ojos, suplicando.

–Pero eminencia... –dijo, aunque no sabía exactamente a quién se dirigía, ni recordaba a partir de qué grado eclesiástico debía utilizarse ese tratamiento.

–Venir a robar y a blasfemar a este sacrosanto lugar no es cristiano. Lavadlo si queréis junto a la fuente. Luego llevaos a este muchacho de aquí, y dad gracias de que no lo denuncie y de que no termine en la cárcel.

Fapo apretó los dientes. Se dirigió hacia donde se encontraba Albino ensangrentado, dispuesto a recogerlo y llevárselo, allí estaban de más. Tendido inmóvil entre las tumbas, ahora comenzaba a balbucir alguna frase incoherente y Mirena, arrodillada a sus pies, le limpiaba la sangre con su vestido. Fapo pensó que parecía un cadáver con su plañidera, listo para ser sepultado. Al inclinarse ante el chico, comprobó que el ciego lo había dejado como para ser llevado en parihuelas.

Capítulo 12.º

Pero no fue en parihuelas, sino a hombros como lo acarreó Fapo. El apaleado cuerpo de Albino se desmadejó y acopló en la ancha espalda del joven que seguido de Mirena dejó a grandes zancadas el cementerio de la iglesia. En las afueras del pueblo, allí donde se secaba la ropa al sol, depositaron a Albino en la hierba para ser inspeccionado con detalle. Tenía abundantes heridas abiertas en la cabeza y la cara, sangrantes todavía, y el torso y la espalda terriblemente magullados. Por los pantalones rotos asomaba la carne viva de los muslos arañados. Fapo se preguntó si eso sería todo, si las lesiones acabarían ahí, calculando la posibilidad de que tuviera además algún hueso roto, pues Albino daba fuertes alaridos cada vez que trataban de moverlo o cambiarlo de postura.

–Te han dejado hecho un eccehomo, muchacho –dijo Fapo– y si quieres que sea sincero, no sé por dónde empezar a limpiar esta barbarie.

Fapo se dirigió al lugar donde estaba su saco de equipaje y lo abrió. Era una simple alforja, no muy grande, pero suficiente para albergar muy cuidada y ordenadamente todo cuanto poseía. Primero sacó su navaja de afeitar, una valiosa herramienta de hierro, y como un experimentado vaciador, comprobó su filo. Después extrajo asimismo tijeras y jabón para completar los útiles de afeitado. Mirena mientras tanto había ido a por agua.

–Créeme que lo siento, chico –dijo comenzando a rasurar la cabeza de Albino– pero no hay otra solución. Con esta maleza de pelo es imposible ver el alcance de las heridas.

Era cierto. El cabello de Albino, sucio y enredado de por sí, ahora con la sangre que comenzaba a resecarse presentaba un feo aspecto, pegajoso y espeso como un montón de estiércol.

Cuando la cabeza de Albino estuvo limpia y desprovista de la maraña, Fapo y Mirena comprobaron con alivio que las lesiones eran de menor importancia de lo que en un principio pensaron.

–Heridas profundas no hay –comentó Fapo dirigiéndose a Mirena– y eso me tranquiliza. Ahora bien, está irreconocible.

Mirena asintió. Sin el cabello blanco que le caracterizaba, con la cabeza abultada, los ojos cerrados por la hinchazón, la gruesa boca sin límites, desdibujada, y la piel violácea de contusiones, podía pasar por cualquier otra persona.

Seguidamente procedieron a curarle. Mirena llevaba consigo una suerte de herbolario que había recolectado y elaborado por el camino, y a fuerza de ver trabajar a Melusiana había adquirido algunas nociones básicas de curandera. Cociendo al fuego hojas de ortiga, extrajo su zumo y añadiéndole corteza de encina formó un emplasto que aplicó a las heridas abiertas y aún sangrantes de Albino.

–Para frenar la hemorragia –explicó.

En cambio a las que ya no sangraban les aplicó flores de árnica y polen de lirio. Después cubrió las magulladuras y contusiones con compresas de barro que fabricó con la propia tierra arcillosa de aquel pueblo.

Fapo la miraba trabajar; los movimientos rápidos y precisos, las manitas ágiles y adiestradas, diferenciando unas hierbas de otras. A menudo se retiraba, con el brazo arremangado hasta el codo, el mechón rubio que partía de la frente y que escapándose de la pañoleta caía una y otra vez sobre la cara.

–Qué prodigio –exclamó maravillado–. Ayer eras una niña y hoy, viéndote así, con esa resolución, pareces toda una mujer.

Mirena sonrió escondiendo modestamente los ojos.

Decidieron quedarse aquella noche en Torrijos ya que Albino no podía caminar. Fapo alimentó la hoguera y Mirena reunió hierbas y hojarasca para el acomodo de todos. Aunque estaban rendidos ninguno consiguió dormir. Los tres, de alguna manera, llevaban demasiado tiempo de viaje (semanas, meses, una vida) y los infortunios diversos se iban sucediendo, engrosando su equipaje de desventuras. Comenzaban a sentirse muy cansados y la añoranza por el paraíso que esperaban alcanzar cuando llegaran al final soñado, crecía por momentos. Solo Mirena se mostraba indiferente ante el futuro pues la vida sin Melusiana carecía de sentido.

Al día siguiente la situación no había mejorado. Intentaron que Albino se pusiera de pie, pero sin éxito. Tampoco al tercer día ni al cuarto tuvieron mejor suerte, por lo que Fapo llegó a contemplar seriamente el riesgo de que, entre otras lesiones, hubiera alguna costilla rota.

El quinto día, sin provisiones de ninguna clase, sin dinero para adquirirlas y sin posibilidad de ganarlo en un lugar que les era hostil, decidieron partir sin demora. Habían vendado la espalda de Albino con las tiras de paño que Mirena ya no necesitaba para sus pies y su aspecto exterior, gracias a los cuidados de ella, había mejorado bastante. Aun con eso el chico en absoluto se encontraba restablecido, pero Fapo dijo que o llegaban a Toledo cuanto antes o no se hacía responsable de la situación, pudiéndoles suceder cualquier desgracia en ese pueblo que los rechazaba. Fue así de tajante y como nunca le atacaba el pesimismo, Albino y Mirena se asustaron.

Y partieron. Recogieron sus cosas y muy de mañana, aprovechando el frescor que quién sabe cuánto duraría, reanudaron la ruta. Caminaban lentamente para no dejar a Albino atrás. El chico apuraba el paso, pero no llevaban ni tres leguas recorridas cuando comenzó a quejarse. Las costillas se le clavaban por dentro, oprimiéndole hasta el punto de encontrar dificultad al respirar. Además la cabeza le ardía, no tanto por las heridas, que estaban en vías de curación, como por el sol, fiel a su cita, que le abrasaba, pues el gorro de fieltro había desaparecido en la pelea.

–Dejadme aquí –se lamentaba–, seguid sin mí. Soy un estorbo y no merezco vuestra ayuda.

Mirena le consolaba con paciencia infinita.

–No te dejaremos solo. O llegamos juntos al sur o no llegamos. Ya hay suficientes ausencias.

Se refería sin duda a Melusiana.

Fapo cabeceó visiblemente preocupado. Faltaban como poco dos leguas aún y si se paraban ahora, tampoco ese día llegarían a Toledo. Miró al chico que aguantaba de pie como podía, comprobando lo evidente que era que no fingía. Así que primero se quitó su gorro y se lo ofreció a Albino, él al fin tenía una abundante y negra cabellera que le protegía el cráneo y luego, levantándolo en el aire, cargó a hombros con él.

–No sé en qué estado llegaremos a Toledo –determinó– si enteros o en pedazos, pero hoy llegamos. De eso me encargo yo.

Un paso tras otro. Y otro más. El sol del mediodía caía como una losa, irradiando sobre ellos su impresionante calor. Otro nuevo paso. Y otro más. Cada paso parecía una legua y cada legua un recorrido inacabable. Pero se iban acercando. En Toledo Fapo actuaría, recitaría, incitaría a las apuestas con algún juego de azar, conseguiría dinero... ¡Ah, Toledo! Qué recuerdos. En otro tiempo ya lo hizo y no le fue mal, en esta ocasión no tenía por qué ser diferente. Albino, aunque no era corpulento sino todo lo contrario, pesaba como un enorme saco de arena. Mirena callaba, demasiado preocupada o demasiado fatigada para hablar. Otro paso más hacia adelante, uno menos por andar.

En estas estaban cuando un viajero los alcanzó. Era un hombre que viajaba solo y parecía dispuesto a parar. Montaba un gallardo corcel y tras él, sujeta por el ronzal y llevando el equipaje, venía una buena mula de carga.

–Buen día tenga vuestra merced –dijo el viajero dirigiéndose a Fapo.

–Buen día –respondió Fapo lacónicamente, sin apartar la vista del camino; Albino en cambio, al sonido de las palabras del viajero, se estremeció.

El viajero guardó silencio unos instantes mientras observaba con atención al pintoresco grupo.

–Veo que tenéis problemas –dijo al cabo de un rato.

Ahora Fapo levantó la vista por encima de las piernas de Albino, resoplando, pero no contestó una palabra. El hombre insistió.

–No tendría inconveniente en que vuestro amigo herido viajara sobre la mula. ¿Vais muy lejos?

Fapo sintió de repente como si el cielo abriera una puerta para que entrara él.

–¡A Toledo! –se apresuró a contestar cambiando notablemente de registro.

–¡Toledo! Pues estáis de suerte amigos, yo voy también hacia allí. Cargue, cargue vuestra merced al muchacho en la mula; sin miedo, hombre, sin miedo. Acomodadlo entre el equipaje... así... así estará mejor... eso es... Y la niña puede montar conmigo a la grupa. Hay sitio para los dos.

Pero Mirena no quiso. Cuando Albino estuvo acomodado, reanudaron la marcha. Costó un gran esfuerzo pues se había puesto de repente inexplicablemente nervioso.

El viajero adecuó el paso de su caballo al de Fapo, ahora liberado del peso anterior. Detrás venía la mula, con Albino sobre el lomo, y Mirena caminando junto al animal.

–Sois muy amable... –comenzó Fapo estirando sus miembros entumecidos–. No sé como agradeceros...

–Oh, no; de ningún modo –le interrumpió el viajero–, las gracias os las debo yo. Aborrezco viajar en solitario y creedme si os digo que llevo muchas jornadas así. A nadie le puede extrañar que desee platicar un poco.

Mientras caminaba, Fapo estudiaba al hombre por el rabillo del ojo: edad madura sin llegar a la vejez; alto, bien plantado, de exquisitos modales y rica indumentaria de montar. El rostro, anguloso en exceso y delimitado por una barba corta y entrecana que se afilaba en la barbilla, tenía sin embargo algo que desagradaba y que Fapo no supo precisar.

–Pues sí –continuó el viajero con evidente gana de conversación–, voy a Toledo en principio de manera temporal. Poseo negocios en la ciudad y mi presencia se hace necesaria. Tanto, que cabe la posibilidad de que me instale para siempre.

–¿No sois de allí?

–No, a fe mía. ¿Tengo acaso cara de ser castellano? –rio su propia gracia–. En realidad no puedo decir que pertenezca a un lugar concreto. Del mundo diría que soy, por explicarlo de forma sencilla. ¿Y vos?

–Más o menos igual –contestó Fapo de manera evasiva.

Paulatinamente el hombre se iba revelando como un gran conversador. Culto, refinado, en ciertos aspectos muy documentado. De poco en poco cambiaba la posición de sus manos en las riendas y las agitaba. «Se me duermen –se excusaba– demasiadas horas a caballo». Fapo las observaba a hurtadillas, con disimulo y envidia. Eran unas manos blancas, bien cuidadas, con solemnes venas azuladas recorriendo el dorso, aditivo propio de la edad. En la derecha llevaba un grueso anillo de oro; en la izquierda mostraba bien crecida y en buena forma la uña del pulgar. Las demás estaban pulidas y recortadas.

–¿Cuál es vuestro nombre? –preguntó el viajero cuando pensó que ya tenían la confianza suficiente para ello.

Fapo respondió que se llamaba Fausto Polonio Cornelio, pero que podía llamarle simplemente Fapo.

–Yo soy don Miguel Esculapio, para serviros –y señaló las iniciales M. E. bordadas en la pechera de su sayo– pero podéis llamarme Esculapio, sin el tratamiento, no voy a miraros mal.

Genio y figura, pensó Fapo, y también pensó aquello de que «perro rico no es perro, sino don perro». Le había salido el «don» con tanta naturalidad que parecía impreso e indeleble en su persona. Fapo sintió pena por su pobre tropa y por él mismo porque sabía lo difícil que sería que a ellos algún día se los reconociera así.

Mientras Fapo y Esculapio conversaban Albino se ponía más y más nervioso.

–Pero ¿se puede saber qué te pasa? –le preguntó Mirena en voz baja para que no la oyeran los otros–. No paras quieto sobre la mula y vas a acabar en el suelo.

Albino se inclinó para acercarse al oído de Mirena todo lo posible. Su voz era solo un susurro.

–No demuestres nada, disimula cuanto puedas y ve preparándote para escuchar mi descubrimiento. No te vas a creer lo que voy que decirte.

–Llevamos muchos días viajando –explicó Fapo al viajero, ajeno a la conversación de los chicos y entrando con cautela en el campo de las confidencias–. La niña no tiene a nadie y me he hecho responsable de ella.

–Decirme qué –dijo Mirena sin apenas mover los labios.

–¿Y el herido? –preguntó interesado Esculapio.

–El chico ha tenido un accidente –dijo Fapo exponiendo una verdad a medias–. También soy responsable de él. En Toledo reposaremos y esperaremos a que mejore.

–El hombre, Mirena –murmuró Albino casi imperceptiblemente–. El hombre que nos acompaña. Fíjate en él.

–¡Vaya, Albino! Ya lo he hecho. ¿Y qué?

–¿Sucede algo? –preguntó Fapo volviendo medio cuerpo–. Os noto nerviosos. Muchacho, no estarás empeorando...

Albino negó con la cabeza y Mirena, a la fuerza, sonrió, aparentando normalidad. Fapo reanudó la conversación con Esculapio.

–Sepa vuestra merced que mi oficio es el de actor. Cantar, recitar, declamar... ya sabe. Así he recorrido el reino entero. ¡Qué digo el reino! Y reinos vecinos también.

–¡Mirena, Mirena! –susurró Albino ahogando gritos entre dientes –¡Es él! ¡Es Martín Escudero, el proveedor!

–¡Actor! Bonito oficio –respondió Esculapio admirado–. ¿Tendré el gusto de veros trabajar en Toledo?

–Por supuesto. Será un honor –respondió Fapo sin precisar dónde.

Mirena se había detenido paralizada por la impresión y el grupo la iba dejando atrás. Súbitamente reaccionó y prosiguió la marcha, alcanzándolos.

–¡No puede ser! Dime que te has confundido...

–Que no, Mirena, que no. Lo conocería incluso disfrazado de negro. Esa voz, ese hablar... Ni siendo sordo se me despistaría.

Fapo y Esculapio caminaban ajenos al descubrimiento de Albino. Ahora conversaban sobre naipes. Esculapio contaba que en Toledo había gran afición al juego y que él solía participar en partidas donde el oro corría como el agua.

–Partidas donde las coronas e incluso los ducados entran en circulación, créame amigo, resultan excitantes. En especial si la suerte viene bien dada, ja, ja, ja.

–¿Y si pierde vuestra merced?

Esculapio se rascó el mentón con la uña crecida de su pulgar izquierdo.

–No suelo perder, joven. No suelo perder nunca. He llegado a pensar que tengo estrella. Pero también es cierto que domino el terreno que piso. No solo de suerte se compone el juego. ¿No opináis así?

Y le guiñó un ojo. Fapo no supo qué contestar.

La conversación giró un rato más en torno a los naipes aunque también tocaron otros temas. Lo hicieron siempre de manera amena, aunque superficial, no entrando ninguno de los dos en asuntos comprometedores. El sol iba declinando, ya no abrasaba y progresivamente enrojecía, adquiriendo la apariencia de una bola de fuego. La llanura se volvía ahora más abrupta y ascendente y, de pronto, apareció en la lejanía un promontorio elevado que surgía rompiendo la monotonía del paisaje. Era el peñasco rocoso en que se asentaba Toledo y sintieron (al menos Fapo, Mirena y Albino) algo parecido a lo que tiene que sentir la tripulación de un barco cuando divisa tierra después de una larga travesía por el infinito mar. ¡Toledo! Ciertamente el camino se había hecho corto en compañía, así lo manifestó Esculapio y cuando estuvieron frente a la muralla, el hombre desmontó para despedirse con corrección de sus nuevos amigos, dando la mano a Fapo, saludando con una pequeña inclinación a Mirena y palmeando la espalda de Albino que, huraño, gruñó escondiendo la cabeza y además se había puesto a temblar. Fapo pensó avergonzado que después diría dos palabras a este chico impertinente.

Antes de separarse Esculapio dijo:

–En la judería vieja hay una mezquita. ¿Conocéis Toledo?

–Más que bien; he vivido aquí –evocó Fapo nostálgico–. Pero de eso hace ya mucho tiempo.

–Entonces no tiene pérdida. Se trata de una antigua mezquita pequeña, de dos pisos, aunque solo el superior está ocupado por el templo. El piso bajo se halla dividido y puede vuestra merced encontrar allí desde un mesón, hasta una tornería.

Pues bien, en ese recinto hay una especie de taberna, la taberna del Marrano[4] la llaman, que es la que quiero indicaros. Todos los jueves y sábados al anochecer hay partida de naipes. Doy por hecho que vuestra merced conoce los juegos más usados. Si deseáis acudir, os garantizo que seréis bien recibido.

Fapo sonrió de buena gana. Aquello era una proposición formal, una invitación en regla precisamente a él, un jugador, un fullero, un tramposo apostador y embaucador, un tahúr de habilidad y prestigio reconocidos, un estafador de destreza más que probada. Sin embargo declinó la invitación. Su distinguido oficio de actor, explicó a Esculapio, era ilustrativo, bohemio, interesante y muy gratificante, pero de poco rendimiento económico con lo que su asistencia a la *excitante* partida quedaba descartada.

–Mi situación financiera no está a la altura, haceros cargo –dijo sin ningún atisbo de vergüenza, sin dramas, no ocultando lo que era evidente.

Esculapio se hizo cargo, naturalmente, y se despidieron quedando como buenos amigos.

Cuando estuvieron al fin solos, Mirena y Albino rodearon a Fapo, y quitándose la palabra el uno al otro le expusieron el descubrimiento anterior.

–¿Miguel Esculapio es Martín Escudero? ¿El proveedor?

Fapo no daba crédito a lo que oía. Se preguntó cuántas personas podían habitar Castilla (siete, ocho millones) y de esas, cuántas se encontrarían viajando por sus caminos.

4. Marrano: nombre despectivo que se daba al judío converso que judaizaba a escondidas.

¿Cientos? ¿Miles? Haber topado precisamente con Escudero era fortuito, casi milagroso y absolutamente anormal.

–Ahora entenderás el motivo de mi zozobra –dijo Albino–. Durante todo el trayecto he temido que me reconociera. ¡Qué viaje! No recuerdo otro peor.

–Pobre Albino –dijo Mirena acariciándole la pelada cabeza–. Pero si estás irreconocible. Ni la voz que se te oye es la tuya, y no lo será mientras no se te cure la inflamación de la boca.

–¡Buitre carroñero! –exclamó Albino furioso–. Ahora pretenderá timar aquí en Toledo, donde nadie le conoce.

–Y nos ha querido hacer creer que se dedica a negocios... –dijo Mirena–. ¡Embustero! Con razón decía Melusiana que este hombre no le gustaba.

–Martín Escudero... Miguel Esculapio... las iniciales del sayo... –repasó Fapo pensativo–. Sí, puede ser posible... Y ese celo en guardar su intimidad, típico de quien esconde algo. Bien puedo explicarme ahora cómo te engañó, muchacho; es en verdad un hombre persuasivo, muy agradable de tratar y tremendamente convincente. No dudo que con esas cualidades el trabajo se le dé tan bien. Pues no te asombra que casi le he cogido afecto...

Albino y Mirena descargaron insultos e injurias contra el proveedor Martín Escudero, o Miguel Esculapio o como quisiera llamarse, ya definitivamente catalogado como responsable absoluto de sus desgracias. Fapo entre tanto, con la vista fija en el suelo, meditaba.

–Tal vez la paliza que te dio el ciego tenga su parte positiva, muchacho –dijo al cabo de un rato sin levantar los ojos.

–¿En serio? –se burló Albino incómodo.

–Claro. Por la oportunidad que nos ha brindado de conocer a Escudero. Creo que puedo conseguir que nos venguemos de él, o al menos he de intentarlo.

–¡Fapo, Fapo! ¿Es eso cierto? –dijo Mirena echándosele al cuello–. Cuéntanos cómo.

–Eso, cómo –añadió Albino mucho más escéptico–, porque estamos hablando de un sujeto poderoso, avispado, y supongo que con grandes influencias. Vamos, que no es un incauto cualquiera.

–No me cabe la menor duda –dijo Fapo con una sonrisa triunfante–, pero olvidas, chico, que hay una materia en la que con toda seguridad le supero.

–¿Tú? ¿A Martín Escudero? Como no sea en el arte de mantener decente la ropa llevando la vida que llevas... Te recuerdo que en Valladolid lo he tratado a fondo y no lo desestimes: estamos hablando de un hombre muy listo.

–Oh, sí, por supuesto –rio Fapo–, pero yo también lo soy. ¿O no? –concluyó dirigiéndose a Mirena.

–Y más que él, eso es seguro –respondió ella convencida–, pero ¿qué piensas hacer? ¿Cuál es esa materia en la que le superas?

Fapo había comenzado a caminar. A buen paso y con aplomo. Se había recubierto de esa seguridad en sí mismo que le era tan característica. Sonreía todo el rato.

–La materia en la que le supero es el juego, los naipes. Nadie me iguala en el manejo de los naipes.

Claro, los naipes. ¿Qué otra cosa si no? Mirena y Albino se miraron.

–¿Y cómo puede uno vengarse de alguien jugando a los naipes? –dijo Albino.

–Poseyendo habilidad, pericia y maña. Y sobre todo mucha, mucha técnica. El jueves pienso desplumar a tu proveedor, chico, voy a dejarlo sin blanca.

No parecía mala idea y desde luego Fapo era un tahúr de proporciones considerables, sin embargo, mientras atravesaban la ciudad, un tropel de dudas se amontonaba en la cabeza de los niños: ¿cómo pensaba presentarse sin un triste maravedí? ¿Con qué jugaría? ¿Cómo iniciaría una apuesta? Escudero había dicho que eran partidas donde el oro corría como el agua. Sin oro en el bolsillo, ¿qué pensaba Fapo ofrecer a cambio? ¿Sus calzas apolilladas? ¿Sus desgastados escarpines? Ni siquiera le quedaba el recurso de su prenda más valiosa, el sayo de badana. Y en cuanto a su presencia en la taberna del Marrano, ¿cómo la justificaría? Hace apenas un rato había rechazado la oferta de Escudero alegando sus escasos recursos. ¿Qué diría entonces? ¿Cómo lo resolvería?

Las calles de Toledo eran estrechas y tortuosas, construidas sobre la roca viva que surgía sin apenas excavar. Mirena y Albino, siempre detrás de Fapo, jadeaban acosándolo a preguntas. Pero Fapo callaba. Callaba y caminaba. De pronto se detuvo en seco y ofreció a los chicos su rostro sudoroso, tostado por el sol.

–El dinero voy a tratar de conseguirlo –dijo escuetamente–. En cuanto a lo de asistir a la partida... no seré yo quien acuda.

–¿Ah no? –preguntaron Albino y Mirena a la vez.

–No. Pero basta de preguntas. Lo sabréis todo a su debido tiempo.

El Toledo que acogió a los tres amigos aquel junio de 1539 era un lugar grande, de estructura medieval, que luchaba por modernizarse para estar a la altura del nuevo rango de ciudad imperial que ostentaba por capricho del emperador. Aparentemente todo era poco para su embellecimiento: se ensanchaban plazas, se allanaban calles, se suprimían muladares de lugares visibles. Mirena advirtió que este rey, aun compartiendo durante sus estancias en España el lugar de residencia con Valladolid, denotaba una clara predilección por Toledo.

–Por supuesto –reconoció Fapo–, bien lo puedes decir. Está forrando la ciudad de escudos imperiales, como ese que has visto con el águila bicéfala. Se dice incluso que quiere convertir el Alcázar en un lujoso palacio real y adecuarlo como futura vivienda. –Y señaló con el dedo el mencionado Alcázar que, edificado en la cota más alta, se veía desde cualquier parte de Toledo.

Atravesando todo el peñasco, llegaron hasta el río Tajo, ancho y de enorme caudal, río grandioso. Se doblaba en un meandro y excavaba un foso natural a los pies de Toledo que rodeaba la ciudad y la protegía y defendía desde antaño. Allí decidieron buscar un lugar tranquilo donde acampar. Pero no era fácil, el río estaba concurrido a esas horas del día en que el calor amainaba; mujeres limpiando la loza o lavando a sus chiquillos, caballeros dando de beber a sus caballos. Los aguadores cargaban cántaros de agua en mulas y carros y los distribuían por las casas más pudientes y por las posadas. Fapo y los chicos se alejaron unos pasos.

–Aquí estaremos bien, cerca del puente pero no junto a él. Estas matas espesas ocultarán nuestro equipaje. Ahora hay que ir a trabajar, estamos hambrientos. Vosotros dos, id a conseguir limosna. Limosna, Albino, limosna, nada de robos. En tu estado no tendrás problemas. La gente de Toledo es generosa, puedes creerme. Yo he de resolver unos asuntos. Nos juntaremos aquí cuando caiga la noche y mañana, más descansados todos, os contaré mi plan.

Cinco: Fapo

Capítulo 13.º

Mientras Albino y Mirena intentaban saciar su hambre antigua y profunda recurriendo a la mendicidad, Fapo, a solas junto al río, recordaba. Sentado en el suelo, con el atardecer refrescando el ambiente y con el rumor del agua corriendo hacia el Oeste, evocaba sus anteriores días en Toledo. ¿Cuánto hacía de eso? ¿Un año? ¿Quizás más? Hasta hoy le parecía que había pasado una eternidad, pero ahora, con los recuerdos acuciándole, sentía que tan solo era un suspiro, un pequeño paréntesis de tiempo entre su vida de entonces y la actual. El pasado en Toledo tenía nombre de mujer y ese nombre era Luna. Bueno, el nombre no era ese exactamente (Fapo ya no recordaba el auténtico), pero siempre la llamó así: Luna. Bajo la luna la conoció, bajo la luna le dio el primer beso, bajo la luna la abandonó.

Fapo trató de reconstruir el rostro de Luna en su memoria, pero enseguida comprendió que no podría: lo había olvidado. Sí que recordaba en cambio que hubo un tiempo en que Luna le pareció la más bella, la más graciosa, la más cautivadora de cuantas mujeres veía, y con ella fue, durante ese tiempo, feliz. Pero un día se despertó a su lado, la miró en silencio y ya no le pareció ni la más bella, ni la más graciosa, ni la más cautivadora y decidió que tenía que marcharse de Toledo y de su lado para buscar aquello que anhelaba, allí donde estuviera.

Fapo se incorporó y se aproximó al río. De su alforja sacó un peine, jabón de grasa de cabra y polvos perfumados que siempre llevaba consigo y que racionaba con avaricia simiesca. Peinó y ordenó su abundante melena. Era negra y ondulada y le caía a ambos lados de la cara, partiendo de una raya central. Enjuagó su boca en la orilla del río y de paso, también bebió. Estiró sus calzas, ajustó las medias y con unas hojas de almendro sacó lustre a los escarpines. Finalmente se perfumó y fabricando un sencillo ramo de margaritas silvestres tomó de nuevo camino al interior de Toledo.

Durante el trayecto se preguntaba si Luna viviría aún allí, en la posada de su tío, donde lo mismo era mesonera que cocinera que moza de cuadra o gobernanta. Todavía no había decidido qué le diría exactamente y desde luego no se imaginaba cómo reaccionaría ella al verlo, pero era su única solución, su único recurso si deseaba conseguir el dinero que le permitiera acudir el jueves por la noche a la partida de naipes. Tampoco sabía si Luna se lo prestaría. El último día que se vieron ella no estuvo muy amable. Le llamó llorando canalla, embustero y judío (y no era judío), e incluso le aseguró que no quería volver a verlo jamás. También le golpeó en la cara y aunque no lo hizo con fuerza, Fapo, ahora, recordando la furia de Luna, notó un repentino escozor en la mejilla abofeteada y chasqueó los labios contrariado. No era grato en absoluto presentarse ante ella después de un año con las manos vacías, suplicándole un favor, como un auténtico derrotado. ¿Pero es que acaso le quedaban más opciones? ¿Le recordaría ella, burlona, sus pretensiones de éxito fuera de Toledo cuando la abandonó? ¿Le guardaría aún rencor o, por el contrario, habría perdonado y olvidado el daño que le hizo?

Cavilando en todas estas cosas llegó hasta la posada y entró sin llamar porque la puerta estaba entreabierta. Las piernas le flaqueaban cuando cruzó el umbral y el pulso le latía acelerado cuando vio aparecer al tío de Luna, pero para su alivio, no le reconoció. Fapo tenía el cabello más largo, la barba crecida y el cuerpo mucho más flaco.

–¿Deseáis algo, señor? –preguntó el tío metido en su papel de posadero.

–Pues... Quería hablar con... con...

¡Diantre! Era cierto que había olvidado su nombre. ¿Julia? ¿Maruja? ¿Juliana? ¿Cómo era? Siempre llamándola Luna...

Entonces apareció. Estaba idéntica que antes, un poco más gruesa, quizás. Vestía incluso el mismo tipo de saya oscura que solía utilizar entonces.

–Tío, deje usted. Le atiendo yo.

El tío desapareció por una puerta.

Fapo y Luna se miraron. Fapo sonreía; Luna no.

–¿Me recuerdas? –dijo Fapo.

– Por supuesto. Has cambiado, pero te reconocería entre un millón.

–Tú, en cambio, estás igual.

Luna no supo si aquello era un cumplido o justamente lo contrario.

–Creí que nunca volvería a verte. ¿Qué se te ofrece?

Repentinamente Fapo se percató de que llevaba las flores.

–Toma, para ti ¿Me das un beso?

–Claro –dijo Luna–. Y le besó la mejilla oscurecida de sol, aquella que un día había abofeteado.

Después se acercó a una alacena, cogió un jarrón, vertió en él agua de un cubo y colocó las flores dentro. Puso acto seguido el jarrón en el centro de una mesa. Realizó estas acciones lentamente, alargando cada gesto como si le fuera la vida en ello. Fapo la observaba ansioso, dudando sobre cómo dar el siguiente paso y sin saber a ciencia cierta cómo abordar la situación. Pero tras el ritual del ramo, Luna le hizo un gesto con los ojos para que la acompañara afuera. Fapo se sintió aliviado; en terreno neutral, donde podía derrochar sus dotes seductoras, todo resultaría más fácil. Le pediría el dinero prestado, solo por un par de días, naturalmente, después se lo devolvería. No pensaba hablar del uso que pretendía darle y ella no se lo negaría. Fapo ya casi podía saborear su victoria de antemano. Y es que, se jactó, aún no había nacido en Castilla mujer capaz de resistirse a Fausto Polonio Cornelio.

En una plaza comercial y concurrida Mirena pedía limosna. La tarde se le había dado bien, pero tal vez porque no se había impuesto grandes metas. De momento aquel día cenarían. ¡Qué humillada se sintió con la sucia mano extendida ante la gente! ¡Si Melusiana la viera...! Cambió la dirección de sus pensamientos porque no quería entristecerse más de lo que estaba.

De pronto, a lo lejos, divisó a Fapo. No iba solo, una mujer le acompañaba. Mirena recogió sus limosnas y fue al encuentro de Albino, que en idéntica situación se encontraba al otro lado de la plaza, protegiéndose de los últimos rayos de sol bajo los soportales. Entre los dos tomaron la decisión de seguirle. No pensaban acercarse mucho, lo justo para espiarle. ¿Quién sería esa mujer? ¿Quizás una hermana? Imposible, no había el más leve parecido entre ambos. ¿Una amiga? ¿Una antigua novia? Mirena y Albino comentaron lo poco que sabían sobre Fapo, ni su edad, ni sus orígenes, ni su lugar de nacimiento, nada en realidad, cuando él lo sabía todo sobre ellos, y admitieron percibir que en su vida rondaba algún misterio. Ahora la mujer se había puesto a llorar y le increpaba algo en apariencia enfadada. Pero a ratos le abrazaba y le besaba, y a ratos le zarandeaba. Fapo no ponía objeciones ni a lo uno ni a lo otro, a simple vista lo mismo se dejaba odiar como querer. Se echó la noche. Los niños ya apenas distinguían nada y abandonando su puesto de observación regresaron al asentamiento en el río, tal y como habían quedado con Fapo.

Fapo y Luna, ajenos a la vigilancia a que habían sido sometidos, volvieron paseando a la posada. Luna ya no lloraba. De pronto, olvidando rencillas personales y comportándose como dos viejos amigos, descubrieron que tenían mucho de qué hablar. En la posada, Luna subió a su habitación y regresó poco después con el dinero.

–Setecientos maravedíes –dijo–. No es mucho, lo sé, pero prácticamente todo cuanto poseo. No me has dicho para qué quieres este dinero y en realidad tampoco me importa, no es asunto mío. Espero que sea suficiente y que soluciones con él tu problema.

Fapo le besó una mano, conmovido por su generosidad, por su discreta filantropía.

–Hoy es miércoles, ¿verdad? Pues bien, Luna, el viernes, en cuanto amanezca, estoy aquí con el dinero. Antes se desplomará el cielo que falte yo a la cita. ¿Me crees?

A Luna se le dibujó una sonrisa irónica, desvaída.

–Si te creí una vez, por qué no hacerlo de nuevo.

–Aquello fue distinto. El amor no es algo que se preste, que pase de mano en mano, como el dinero. El amor se siente o... o se deja de sentir.

–Entiendo –dijo muy seria–. Quizás yo no era lo que tú esperabas, no debo culparte por ello. ¿Tampoco esta vez te quedarás?

–No. He hecho una promesa. He de llevar a alguien al sur.

–¿Una mujer?

–Una niña. Solo me tiene a mí. Supongo que soy como un padre o un hermano mayor para ella.

Fapo contó a Luna la triste historia de Mirena, su accidentada huida con Melusiana desde Navarra, y cómo a la mujer le habían dado caza en Valladolid añadiendo que era probable que la condenaran por bruja. Luna se mostró sorprendida y conmovida.

–Entonces espero que esta vez no faltes a tu palabra –dijo cuando se despedían.

–¿Por lo del dinero? Naturalmente que no, Luna.

Luna ahora rio con una risa imposible de clasificar.

–No, qué tontería, ¿quién habla de dinero? Por lo de la promesa a la niña. Ah –añadió antes de desaparecer en el interior de la posada–, una cosa más: no vuelvas a llamarme Luna. Mi nombre es Juana, Juana Sánchez. Recuérdalo. Juana Sánchez y no otra seré desde ahora para ti.

¡Juana! Ahora lo recordaba. Como la reina loca, como la Doncella de Orleáns, como tantas y tantas Juanas que había conocido a lo largo de su vida.

–Lo que tú digas, Juana –dijo obedientemente–, lo que tú digas.

Luego enfiló para el río apretando contra su cuerpo la llave que le abriría las puertas de la venganza, su tesoro de setecientos maravedíes.

Amaneció Toledo el jueves impregnado del rocío y la humedad que rezumaba el río. Mirena y Albino habían dormido a pierna suelta, con la placidez que aporta un estómago lleno después de un día completo de ayuno. Fapo, en cambio, no durmió. Había pasado la noche en blanco, toda ella, ni un minuto recordaba haber caído en el sopor apacible y anestesiante del sueño, tan solo un duermevela más o menos intenso le había acompañado a ratos. Demasiada inquietud, se dijo. Así que apenas divisó la primera claridad, se incorporó decidido a comenzar el día.

Mirena y Albino se despertaron asimismo y se levantaron con él. Notaban frío, pero a pesar de ello Albino se encontraba descansado y bastante restablecido. Mirena encendió fuego en las brasas de la noche e inmediatamente se arrimaron a su calor. El cuerpo poco a poco iba reaccionando y en el colmo de la bonanza, aquella mañana podían incluso desayunar. Mientras engullían las sobras de la cena, Mirena y Albino interrogaban a Fapo con los ojos. Estaban interesados y expectantes; hoy por fin les contaría su plan.

–Veamos –comenzó estirando su largo cuerpo un poco anquilosado por la noche insomne–. ¿Recordáis que os dije que no sería yo quién acudiría a la taberna del Marrano?

Mirena y Albino asintieron con la cabeza.

–Pues bien, iré yo, obviamente, pero disfrazado. Fingiré ser otra persona, pasaré por un pariente de mí mismo.

–¡Qué buena idea! –exclamó Mirena admirada.

–¿Disfrazado? –preguntó Albino entre bocado y bocado.

–Sí; y espero que bien. Vosotros me ayudaréis. En cuanto al dinero necesario para iniciar siquiera la primera apuesta he de deciros que lo tengo. Tengo setecientos maravedíes y ni uno más, pero servirá. Mirad, mirad en esta bolsita –dijo Fapo alargándoles la bolsa con las monedas.

–¡Setecientos maravedíes! –Albino solo recordaba haber visto una cantidad de esa importancia cuando robó la media onza de oro a Melusiana.

–Cuando viví en Toledo –prosiguió Fapo– hice buenas amistades. Hoy, como veis, he podido utilizarlas.

Los niños se miraron a hurtadillas.

Fapo explicó que con el dinero en la mano, el problema mayor quedaba resuelto. Que por supuesto pensaba ganar a Escudero, y sí, lo confesaba, recurriría a las trampas.

Ahora la boca se les abrió como una sima profunda. ¡Trampas! ¡Qué fácil! ¿Acaso olvidaba que Escudero era el rey de los tramposos? Pero Fapo sonrió despreciando esas afirmaciones.

–No –contestó tranquilamente–, en naipes, el rey de los tramposos soy yo.

Había mucho que hacer. Tras desayunar, Fapo organizó las tareas de cada uno.

–Albino, muchacho –ordenó–, en cuanto caliente el sol un poco más que ahora recorrerás el río en busca de un traje decente para mí. No puedo presentarme en la taberna con lo puesto, y no porque no sea ropa digna de mi rango, naturalmente, sino porque Escudero la conoce, como sabéis. Cuando yo vivía aquí, pasando el puente, río arriba, siempre había quien gustaba de lavarse en condiciones, quiero decir de cuerpo entero, y para ello dejaba su ropa escondida, no lejos de la orilla. Yo mismo lo hice innumerables veces. Supongo que ahora sucederá igual. Solo tienes que acercarte, buscar esa ropa y, ejem, adueñarte de ella. Será la última vez que robes durante la huida, tenlo presente. Si consigo dar este golpe no tendrás necesidad de volver a hacerlo, al menos hasta que embarques a Indias, donde yo ya no te controlaré ni tú estarás bajo mi custodia. Fíjate que sea un traje de mi tamaño y... en fin, cómo te diría yo... adecuado para mí, tú ya me entiendes. ¿Estás dispuesto?

–Más que eso –contestó Albino estimulado.

–Tú, Mirena, cambiarás mi aspecto. ¿Te atreves con un buen corte de pelo?

–Claro –dijo la niña.

–No esperaba menos de vosotros. La barba que ha crecido durante el viaje me la afeitaré yo. También rasuraré todo este vello que ennegrece mis brazos y forzaré un poco el timbre de voz. Quiero estar absolutamente irreconocible.

Al atardecer, antes de la cita, los tres amigos aguardaban. El momento era crítico, se respiraba tensión. Fapo, ensimismado y en silencio, meditaba, tal vez asustado, tal vez concentrado. Llevaba rato así, en el que ya ni siquiera respondía a las preguntas de los chicos. Revisaba una y otra vez su colección de barajas: barajas trucadas, barajas estratégicamente ordenadas, barajas marcadas... Barajas que no estaba seguro de poder utilizar, pero aun así las llevaría, bien escondidas, en alguna parte de su ropa.

Mirena y Albino lo observaban; habían hecho un buen trabajo. Ni sabiendo que era Fapo, recordaba a Fapo. El largo cabello, últimamente bastante desordenado, estaba corto y bien peinado, como se decía que acostumbraba a llevarlo el actual monarca Carlos, hombre austero en su aspecto y poco dado al seguimiento de las modas. El rostro completamente afeitado aparecía terso y hermoso como el de un joven príncipe. Fapo tuvo que maquillarse la zona donde antes hubo barba, pues resaltaba pálida en contraste con el resto de la cara bronceada por el sol.

–Polvos Rubor –había explicado a Mirena que lo miraba extasiada–. ¿Sabes que en Francia y en Italia los hombres ricos se maquillan? Yo siempre llevo estos polvos conmigo porque nunca se sabe con quién vas a tener que relacionarte.

La ropa que Albino había robado le sentaba como un guante. Era más sencilla que la anterior, pero también más adecuada: calzas ajustadas sobre la rodilla, sin impropios acuchillados, y sayo oscuro de paño con doble botonadura de nácar. No fue fácil conseguirla. Albino recorrió más de una legua (río arriba, río abajo) y debido a su frágil estado empleó todo el día en la hazaña, pero lo consiguió y ahora Fapo estaba agradecido y admirado.

–Es la hora –dijo levantándose y ajustándose la ropa–. Deseadme suerte.

Mirena había insistido en que llevara a la partida la faltriquera de Melusiana para que le diera suerte, y aunque Fapo no creía en amuletos de ningún tipo, sin mucho esfuerzo por su parte, la niña le convenció.

Lo vieron alejarse erguido, soberbio, arrogante y no pudieron percibir el leve temblor que le invadía.

Fapo encontró la taberna del Marrano a la primera. La mezquita en el barrio judío a que había hecho alusión Escudero no tenía pérdida.

Apostado ante la entrada, por un instante dudó. Aunque tenía bien estudiado el plan, él sabía que era osado, audaz y muy arriesgado. No había querido impresionar a los chicos hablándoles con sinceridad, pero en realidad sus trampas, como las de cualquiera, podían fracasar. De hecho, si ocurriera, no sería la primera vez. La propia Melusiana lo desenmascaró en Valladolid, el día aquel del robo de la media onza en la plaza del Mercado. Sin poder evitarlo, de pronto, la partida de naipes le intimidaba. La calle sombría parecía una senda de cipreses y el calor agobiante del día había dejado a su paso un olor pesado y pestilente. Fapo notaba falta de oxígeno. Inspiró una bocanada de ese aire irrespirable, lo expulsó, hizo crujir las articulaciones de sus dedos, se santiguó. Ya estaba dentro.

La taberna era pequeña y oscura, apenas dos candiles la iluminaban, y el tabernero recibía detrás del mostrador a los clientes. ¿Sería un «judío marrano» auténtico?, se preguntó Fapo. Imposible saberlo. En cualquier caso no resultaría extraño pues todo Toledo era así, una mixtura de razas y lenguas donde cada pueblo conquistador había dejado su huella. Fapo se aproximó despacio, sabiéndose observado.

–Buenas noches tenga vuestra merced –saludó al tabernero–. Me han dado esta dirección, vengo buscando al señor Esculapio.

–¿Venís a jugar?

–Sí, a eso vengo.

–Pues permítame vuestra merced que le revise –dijo el tabernero saliendo del mostrador y comenzando a palpar el cuerpo de Fapo.

La primera reacción de Fapo fue retirarse bruscamente. ¿Qué pretendía aquel individuo? ¿Encontrar sus barajas trucadas? Retrocedió a tiempo de salvarse del registro.

–No os enfadéis –se disculpó el tabernero–. Es una inspección rutinaria. He de asegurarme de que no lleváis armas; son las reglas.

Fapo se tranquilizó. Tal vez había dado demasiada importancia al gesto del hombre. Trató de serenarse y de aparentar normalidad. Con la vista recorrió la totalidad de la taberna.

–Pero ¿es aquí donde se juega? Esculapio me dijo, quiero decir, dijo a mi pariente que...

En ese momento se abrió una puerta contigua y apareció Escudero. Explicó que había escuchado a alguien con deseos de jugar y quería saber quién era. Fapo, al verle, recurrió a sus grandes dotes de farsante, adoptando una pose de absoluto desconocimiento.

–Permitidme que me presente: me conocen como Duque Duarte y procedo de Chinchón. Estoy en Toledo por asuntos mercantiles, debo asegurarme una buena remesa de las fabulosas espadas toledanas, lo que me llevará un día de estancia, a lo sumo dos. Un pariente mío con el que he coincidido aquí, Fausto Polonio se llama, me ha hablado de cierta partida de naipes que se celebra esta noche. Él no tendrá la suerte de poder comparecer, pero me aseguró que si preguntaba por don Miguel Esculapio y decía que venía de su parte sería bien recibido.

–¿Y por qué no ha acompañado su pariente a vuestra merced? –dijo Escudero acercándose y mostrando su sonrisa más irónica–. Al menos para presentaros...

–B... bueno, él es actor –respondió Fapo tratando de disimular su titubeo–. Hoy tenía una actuación importante... en una de esas mansiones que rodean el Alcázar. Hay mucha tristeza por la reciente muerte de la emperatriz y mi pariente ha sido contratado para aliviar con su repertorio a... a ciertos nobles de la Corte. Mi pariente me manda trasmitir sus saludos al señor Esculapio y que le diga asimismo que si por su parte fuera, estaría sin lugar a dudas invitado a presenciar la actuación.

Al decir esto, Fapo rezó para que la vieja ley que proclama que las mentiras han de ser inmensas para ser creídas, fuera eficaz y se cumpliera.

–¡Vaya! ¡Una actuación para la Corte! –exclamó Escudero mesándose la corta barba–. ¿Y con el rey como espectador?

Lo dijo con evidente malicia porque el rey no estaba en ese momento en la ciudad. Había partido días antes sin publicidad, más o menos de incógnito, y la noticia, aunque empezaba a estar en boca del pueblo, no era todavía oficial. Sin embargo un comediante contratado para actuar ante los cortesanos flamencos tenía por fuerza que saberlo y, por lógica, también debería saberlo su pariente. Con esta simple estratagema, si había mentira, quedaría destapada, pensó audazmente Escudero que en un principio sospechó de la veracidad la historia. Pero para algo Fapo había conversado con Luna de eso y de muchas otras cosas recogidas en los mentideros de Toledo durante buena parte de la tarde.

–Según he oído decir a mi pariente Fausto Polonio –respondió Fapo fingiendo pesar– nuestro amado rey Carlos no estará presente, pues desde el pasado 12 de mayo se encuentra retirado en el monasterio de las jerónimas de Santa María de La Sisla. ¿No lo sabía vuestra merced? Mi pariente, que deseaba ardientemente verlo de nuevo, está muy apenado.

Escudero acusó el golpe. Tomando uno de los candiles entornó los ojos y arqueó las cejas, acercando la llama a Fapo para observarle mejor. Luego sonrió.

–¡Hum! Si diría que hasta tenéis un cierto parecido con vuestro pariente. Entre, entre vuestra merced, yo mismo soy Miguel Esculapio y tengo el honor de deciros que los amigos de mis amigos son mis amigos.

De esa manera logró Fapo formar parte de la esperada, de la ansiada, de la excitante partida de naipes.

Capítulo 14.º

Cuatro personas se sentaban a la mesa, Fapo era el quinto. En primer lugar jugarían a juegos diversos; al rentoy, al cinquillo, al chilindrón, juegos menores cuya finalidad era descalificar uno a uno a los jugadores que sobraban (o sea, tres) para terminar jugando la pareja finalista al juego estrella de la noche, el truque, aquel donde el oro correría como el agua. Ya con los juegos del principio se podía perder o ganar una suma considerable, pero la emoción máxima estaba servida hacia el amanecer, cuando los jugadores a los que se les había dado mal la noche comenzaban a desertar (algunos bastante arruinados) y quedaban solamente aquellas dos personas con dinero y arrestos suficientes para derrochar lo uno y lo otro al citado truque, juego de apuestas de rapidez extraordinaria.

Escudero repartió la primera mano. Antes de hacerlo, marcó ciertos naipes con la uña crecida de su pulgar izquierdo. Fue un acto prácticamente imperceptible, pero no para Fapo que lo observaba fingiéndose distraído y que además conocía todas y cada una de las trampas al uso. El tabernero traía jarras de vino y lo escanciaba con generosidad en los vasos de los jugadores. Fapo constató que Escudero apuraba el vino a pequeños sorbos, muy espaciados entre sí, como corresponde a quien desea mantenerse sereno. Le pareció prudente y decidió imitarle. El resto de los jugadores en cambio bebía tragos largos con sedienta avidez.

Ya desde las primeras manos, Fapo destacó por su buena suerte y habilidad con los naipes, no teniendo que recurrir más que a trampas sencillas y reservando las barajas trucadas para cuando la partida se volviera contra él, cosa que de momento no había sucedido. Pero vencer a Escudero era difícil, buen jugador además de buen tramposo, y después de varias horas e innumerables partidas los acompañantes quedaron eliminados.

Con la derrota de los tres contrincantes Fapo había ganado una considerable cantidad de dinero, podía incluso haberse retirado con honra, pero no estaba allí por dinero únicamente, también le movía la venganza.

–Bien, amigo –dijo Escudero–, solo quedamos los dos. ¿Deseáis continuar o preferís dejarlo?

Escudero lo miraba desafiante. Ahora Fapo comprendió qué era lo que había en su rostro que desde el principio le había inspirado rechazo: era el rictus de la ambición desmedida, la codicia por encima de todo. Sintiendo un escalofrío de desconfianza le sostuvo la mirada.

–Continuaré –dijo–, por supuesto que voy a continuar.

Los tres hombres eliminados oficiarían de testigos, como era lógico. Escudero mandó traer una baraja nueva, sin apenas uso, que el tabernero guardaba para partidas especiales. Era un ejemplar típico de cuatro palos, impreso en xilografía y coloreado con trepa[5], con el reverso blanco, una baraja autorizada habitual. En el medallón central del cinco de oros aparecían las cabezas enfrentadas de los Reyes Católicos y en el dos de oros, los escudos de Aragón y de Castilla, hermanados desde el matrimonio de sus monarcas. Fapo palideció ante los naipes lustrosos, impolutos; no era frecuente acceder a barajas tan nuevas y si empleaba las suyas trucadas, mucho más sucias y usadas, le delatarían.

–Comencemos –dijo Escudero colocando en el centro de la mesa su apuesta, un real de plata que equivalía a 34 maravedíes–. Quiero advertir a vuestra merced que pase lo que pase, estamos entre caballeros. ¿De acuerdo?

Fapo asintió e igualó la apuesta.

–La educación se demuestra en el juego –dijo recurriendo al refrán español más utilizado entre tahúres.

Escudero separó los *cuatros, cincos* y *seises* que en ese juego no tenían valor, y luego barajó los naipes. ¡Ya está! Ya los había marcado con su provechosa uña. Fapo, al que de nuevo el gesto no le pasó por alto, pensó que si su contrincante era, como parecía, listo, la marca no señalaría precisamente los *treses* (el máximo valor en el juego del truque) para no resultar una trampa demasiado evidente. Podía ha-

5. Trepa: patrón de cartón taladrado que se colocaba sobre los pliegos de naipes para su posterior coloración a brocha.

ber marcado los naipes más bajos, para esquivarlos, o los *doses*, con los que era casi imposible no ganar.

–Corte vuestra merced –pidió Escudero.

Fapo cortó y Escudero repartió tres cartas a cada uno. Era la primera ronda y como en las sucesivas, se jugarían tres bazas, una por cada naipe, ganando cada baza el naipe de mayor valor y siendo el rango de ellos: tres, dos, as, rey, caballo, sota y siete.

–Siete –dijo Fapo mostrando su naipe más bajo.

–Caballo –dijo Escudero tomando la baza ganada para sí.

–Rey –exclamó Fapo más animado.

–As –rio Escudero triunfante.

–¡Dos! –casi gritó Fapo.

–Tres –remató Escudero apropiándose de los dos reales en juego.

Fapo frunció el ceño fijando la vista en aquel tres que había ganado a su excelente dos, y como fue incapaz de encontrar la minúscula muesca de la uña, sospechó nuevamente que no podían ser los *treses* los naipes marcados.

Así continuó el juego durante varias rondas. Escudero ganaba con cómoda ventaja, en especial las manos que le tocaba repartir. Fapo, conociendo la trampa, no quería delatarla, pues era tan limpia que no habría podido demostrarla, pero sobre todo porque esperaba el momento de emplear él las suyas. Si hubiera desenmascarado a su enemigo, la partida habría terminado y él no culminaría su venganza. Pero no encontraba el instante propicio con esos tres hombres que le observaban entre trago y trago, vigilándolo como centinelas. Además, que la baraja fuera nueva le había desorientado, no lo esperaba y ahora estaba nervioso y confundido.

–Sota –dijo Fapo abatido descartándose de su último naipe.

–Rey –completó Escudero victorioso.

Nuevo tanto. Fapo miró con tristeza otro real de plata que le abandonaba.

Cuando repartía él, sucedía lo mismo.

–Dos –lanzó Escudero.

–Siete –dijo Fapo deshaciéndose, en la imposibilidad de ganar la baza, de su naipe menos válido.

–Caballo –jugó Escudero.

–¡Rey! –prorrumpió Fapo tomando la baza.

–Dos –dijo Escudero sin dejar que su mirada penetrante abandonara los ojos de Fapo.

–As –replicó abatido Fapo, pues con dos bazas ganadas la apuesta pasaba nuevamente a manos de Escudero.

Fapo intentó controlar la derrota de su rostro. Sudaba y jadeaba. Los Polvos Rubor se le desprendían, el cabello alisado por Mirena se rebelaba y rizaba. Revisó con la vista lo que le quedaba por apostar: apenas unas pocas manos más y la partida tocaría su fin, todo estaría perdido sin remedio. Fugazmente su pensamiento recayó en Luna que sin condiciones de ningún tipo le había prestado el dinero. Luna la dulce, la generosa, la complaciente Luna. O Juana, qué más daba, ahora Fapo podía sentir afecto y agradecimiento por las dos. ¿Daría la cara y se presentaría ante ella sin nada o volvería a huir en silencio como un perfecto fugitivo, como ya hiciera hace un año? Y en cuanto a los chicos,

¿qué le diría a Albino que esperaba anhelante la venganza? ¿Con qué cara miraría a la niña a la que había prometido no volver a dejarla mendigar y llevarla dignamente al sur? Al acordarse de ella, instintivamente notó en algún lugar de su ropa la faltriquera con la tierra. Sonrió sin sonrisa visible recordando la insistencia de Mirena para que la llevara y casi sin darse cuenta, puso una mano allí y la palpó.

De pronto... Fapo giró la cabeza. Los tres hombres que le vigilaban cabeceaban, amodorrados por el sueño y la bebida. Solo Escudero se mantenía entero, firme como un menhir, imperturbable ante el paso de las horas. El alba comenzaba a filtrarse tenue por la ventana y con la estela de luz estimulándole, Fapo notaba una recién adquirida fortaleza, una dosis de ánimo y valor. «Ahora o nunca», se dijo mientras su pensamiento volaba junto a la faltriquera.

Era su turno, le tocaba repartir. Ignorando la presencia de los tres hombres y con la seguridad renacida de varios años de trampas, Fapo barajó los naipes, reorganizándolos. Con suma destreza colocó los cuatro *treses* debajo, los últimos en el mazo. Ahora, sabiendo dónde estaban, podía repartirlos como quisiera, dándoselos a sí mismo de manera tan hábil que parecieran tomados de arriba. Como todo indicaba que no eran los naipes marcados, Escudero no los echaría en falta. Resultaba tan apabullante su maestría con la manipulación de los naipes (acuñada por sus muchos años de prestidigitador en las plazas y escenarios de los pueblos), que ni después de cortar Escudero la baraja, perdió Fapo los *treses* ordenados.

–Esta vez apuesto tres reales –dijo Fapo presentando las monedas en la mesa.

–Lo veo y apuesto tres más –dijo Escudero sin percatarse del engaño.

–¡Truque! –exclamó Fapo, lo que significaba triplicar la apuesta.

–¡Retruque! –desafió Escudero doblando lo anterior–. Hablen cartas y callen barbas...

–En Dios confío... –añadió Fapo–. Empezad.

–Sota...

–Tres...

–As...

–Otro tres...

Escudero, por lo bajo, profirió una maldición ¿Qué significaba esto? Dio un ligero puntapié a los tres hombres que vigilaban la partida, pues a ratos incluso dormían, y echó su tercer naipe encima de la mesa.

–Dos...

Tres. La última carta de Fapo había sido un nuevo tres, aunque su valor en esa última baza, con la partida ya ganada, bien poco importaba. Algo mareado por el triunfo, no cambió sin embargo la faz inexpresiva y extendió las manos para abarcar la totalidad de la apuesta. Escudero le miraba con fijeza.

–Habéis tenido suerte esta vez, amigo... ¿Cómo dijisteis que os llamabais? Me alegro, me alegro de verdad. Es aburrido ganar siempre. Se pierde la emoción.

–Duarte. Duque Duarte, para serviros.

–¡Tabernero! –gritó Escudero–. ¡Servid más bebida a mi buen amigo Duque! Porque puedo llamaros así, ¿verdad?

–Por supuesto, y os acompañaré encantado en la degustación de este exquisito vino.

Así que Escudero no tuvo más remedio que consentir que le sirvieran a él también.

En la próxima mano el reparto iba a cargo de Escudero. Fapo había separado y escondido en sus grandes manos los tres *treses* que necesitaba y gesticulaba moviendo los brazos, e incluso se llevaba el vaso de vino a los labios sin que ni una punta de los naipes asomara entre los dedos. Cuando Escudero hubo repartido, Fapo solo tuvo que hacer el cambio y el fraude resultó invisible. Escudero, obviamente, se había repartido los naipes marcados.

–Bien, amigo –dijo con expresión incierta–, es muy tarde ya. ¿O debo decir muy pronto? –rio mirando la luz que entraba cada vez más clara por la ventana–. Estoy cansado. Apuesto dos doblones de oro si vuestra merced es capaz de aceptarlos.

Estaba claro que quería liquidar la partida cuanto antes.

Fapo seguía impasible, aunque era pura ficción. ¡Dos doblones de oro! ¡Mil cuatrocientos maravedíes!, el doble de lo que Luna le había prestado. Sonrió para sus adentros recordando que efectivamente el oro corría como el agua.

–Lo veo y doblo la apuesta –dijo con firmeza.

Escudero se revolvió en la silla y apretó contra su cuerpo los naipes marcados. Tenía tres *doses*, la carta siguiente en valor al tres, y solo podría fallar si su contrincante tuviera la suerte de superarle en dos bazas, algo imposible puesto que esa mano la había repartido él, asegurándose de que le entraran las peores cartas.

–Lo veo asimismo y triplico ¡Truque! –apostó desafiante.

–Retruque –dijo Fapo con calma.

¿Retruque? ¿Había oído bien? Era imposible que llevara cartas, un estúpido y pretencioso farol. Los acompañantes, de pronto, se habían espabilado como por arte de magia. Escudero estaba excitado, cegado, fuera de sí. Era imposible, imposible, imposible...

–¡Más, mucho más! Duplico cualquier apuesta que me ofrezcáis –mascculló temblando de pánico y con el fin de asustar a Fapo para que retrocediera.

–Yo opino que el truque es suficiente. Ahora bien, si vuestra merced desea otra cosa... –dijo Fapo.

–Retruque, por todos los santos... ¡Retruque!

–De acuerdo. Empiezo yo. Tres...

Escudero no podía creer lo que acababa de ver. Efectivamente el tal Duque *no se acordaba qué*, volvía a tener tres *treses*. Nunca, en sus largos años de jugador, de fullero tramposo, había encontrado a alguien que hiciera las trampas mejor que él. Pero habían pactado un juramento y pasase lo que pasase, no daría lugar a enfrentamientos. Para eso eran caballeros.

–No tengo aquí tanto dinero –se disculpó Escudero visiblemente humillado.

–¡Por Dios! ¿Y tiene vuestra merced la desfachatez de apostar algo que no posee? La verdad, os creía más serio.

–No suelo perder –dijo lanzando veneno por los ojos–, y sí soy dueño de lo que apuesto. Si venís conmigo a donde me alojo os pagaré.

¡Qué ingenua trampa! Fapo ya sabía que una vez que salieran por la puerta del local, todas las promesas carecían de valor. Él incluso conocía casos de jugadores victoriosos a los que matarifes enviados por el perdedor habían robado y dado muerte en cualquier recodo del camino. Así que trataría de cobrar en el sitio.

–No. No iré. Os perdono lo que falta para completar la deuda si me respondéis a unas preguntas, es decir, cambio la deuda por una información.

–¿Una información? –preguntó Escudero sorprendido.

Fapo rememoró a Melusiana. Ella un día había querido cobrarle una apuesta de igual manera y de idéntica forma Fapo se había sorprendido.

–Sí, y he de asegurarme de que me la proporcionaréis. No saldremos de la taberna hasta que yo haya cobrado.

–¿Y si me niego? –replicó Escudero inflándose con los últimos resquicios de orgullo que le quedaban.

–Entonces mandaréis a alguien en busca de vuestro dinero. Estos tres hombres y el tabernero son testigos. Ni vos ni yo saldremos de aquí hasta entonces.

Los susodichos se encogieron de hombros mirando a Escudero sin expresión y después afirmaron con la cabeza poniéndose de parte de Fapo. Desde luego no tenía escapatoria. Escudero declinó su actitud levantisca y por unos instantes, meditó.

–Está bien –dijo al fin–. Preguntad cuanto queráis.

–Fapo se aproximó más a él. Hablaba con la mirada puesta en sus ojos.

–Melusiana... –comenzó–. ¿Os suena el nombre?

Si hubo alguna alteración en el rostro de Escudero, Fapo no la apreció.

–No sé de qué me habláis.

–Entonces no hay trato –dijo Fapo cruzando los brazos–. Esperaremos aquí a que alguien traiga vuestro dinero. Por mi parte no tengo prisa.

Lo cual no era cierto. Tenía, y mucha. Y sobre todo un inmenso agotamiento.

–¡Eh, eh! –gritó Escudero–, no os pongáis insolente. No conozco a ninguna mujer llamada así, al menos personalmente; ahora bien, el nombre me quiere sonar...

–Pues por vuestro bien haced memoria, estimo que no es un nombre frecuente en Castilla. De cualquier forma os ayudaré: Martín Escudero, proveedor; Valladolid, abril de este mismo año, media onza de oro...

–Por todos los demonios... –farfulló Escudero viéndose descubierto.

Fapo supo así que, tal y como pensaban, él había sido el causante de su captura. Sucedió de manera fortuita y Escudero nunca hubiera imaginado que pudiera verse envuelto en un asunto de esas proporciones. La criada que tenía en Valladolid se enteró por otra persona de que una mujer llamada Melusiana se dedicaba a prácticas curanderas en la zona norte, y a la muchacha, gracias a la descripción dada, no le costó ningún esfuerzo relacionarla con la mujer de imperfecto castellano que con tanta insistencia llamaba a su puerta preguntando por su señor. Escudero, al conocer estos datos, actuó sin dilación. Conque curandera... e ilegal a ciencia cierta. Pues bien, la curandera en cuestión le tenía bastante fastidiado con tanta visita a su casa y pensó que sería fácil deshacerse de ella, al menos durante algún tiempo, denunciándola. A los dos días de la detención y ante su insistencia (y su dinero), Escudero fue informado de quién era en realidad Melusiana y de qué se la acusaba exactamente: curandera sin licencia. Asesina de mujeres. Proscrita. Bruja. La sorpresa que se llevó fue tan grande que casi se cae del asiento que ocupaba.

–Yo nada de eso sabía. Ni de que la buscaban fuera de Castilla, yo solo quería quitármela de encima. Pero decidme, ¿conocíais el alcance de sus delitos?

–Quién pregunta soy yo –dijo Fapo tajante empezando a comprender que estaba ante un hombre por demás supersticioso–. Proseguid.

Escudero forzó una mueca irónica.

–Sí, por qué no. Proseguiré si es eso lo que queréis. Los días posteriores a la detención los pasé bastante alterado, bastante impresionado, si preferís. A nadie le gusta enfrentarse a una... a una mujer de ese tipo. Sí, ya sé lo que me vais a decir, que las brujas no existen, que no debemos creer en ellas y yo también me lo decía a mí mismo, pero claro, el miedo es libre y según supe, la citada Melusiana tenía un pasado aterrorizador. Así que para darme sosiego, seguí su caso con detalle. Tras resolver diversas pesquisas me enteré de que había sido trasladada a Pamplona, a su tierra y que no volvería a Valladolid. Pero yo no estaba apaciguado aún, pensaba constantemente en ella, y por las noches tenía pesadillas que me impedían descansar. Y no me diga vuestra merced que no lo entiende. Tal vez he escuchado demasiadas historias de brujas en mi infancia, cosas que ponen los pelos de punta: que oyen a través de las paredes, que vuelan, que se convierten en gato, que echan el mal de ojo. Así que sin pensarlo dos veces viajé hasta allí para saberlo todo sobre su condena. Fue un viaje largo, créame vuestra merced, largo y penoso con mi inquietud a cuestas, pero mereció la pena. En Pamplona me dieron cuenta de ella y para mi tranquilidad puedo deciros que el asunto está zanjado.

Fapo notó una sacudida interna. ¿Qué significaba exactamente *asunto zanjado*? No queriendo exteriorizar sus emociones preguntó con la mayor apatía que fue capaz de fingir:

–¿Y qué ha sido de ella?

Escudero lanzó una risa histriónica.

–Ja, la bruja... ¿Que qué ha sido de ella? ¿Y por qué creéis que voy a decíroslo?

–Porque ese ha sido el trato –dijo Fapo–, porque sé que estáis deseando soltarlo y porque os traigo un mensaje de ella que solo os trasmitiré si vuestra información me satisface.

–¿Un mensaje? –dijo Escudero visiblemente nervioso–. Ni siquiera me ha visto... No conoce mi cara... En realidad nunca he sabido con exactitud qué quería de mí. Yo sólo tuve tratos con aquel muchacho que la acompañaba, aquél esperpento de pelo blanco, aquél mamarracho descolorido, aquel fantoche... ¿Qué mensaje puede haberos dado ella para mí?

–Insisto –volvió a decir Fapo–, quien pregunta soy yo. Qué ha sido de Melusiana, dónde está ahora y qué han hecho con ella. Os sugiero que me respondáis. Es lo mejor y lo más rápido para todos.

Entonces Escudero sufrió una trasmutación facial, se llenó su rostro de odio y se endureció su semblante hasta convertirse en el del ser cruel e inhumano que escondía bajo su falsa apariencia de hombre amable, y Fapo supo que si Melusiana fuera una bruja, Escudero sería sin duda el demonio.

–Está bien amigo, os lo voy a decir: la bruja está condenada de por vida! Ja, ja, ja. El jurado fue tajante. ¡Pobre bruja! Ja, ja, ja. La torturaron sin piedad porque era testaruda, no confesaba, yo mismo la vi a través de la rejilla de su celda, desparramada en el suelo como un pedazo de carne, ni siquiera me sintió, creo que estaba sin conocimiento. Le adjudicaron prisión durante años, y luego el destierro. De salir con vida, por aquí no la volverán a ver ni las ratas. ¡Nadie! Pero para estas fechas será solo un cadáver, así me lo confirmaron, estaba agonizando, sin fuerzas para vivir. Y yo me pregunto: ¿de qué le sirven a una bruja sus poderes si no es capaz de librarse de la muerte? Ja, ja, ja, ¡Bruja maldita! ¡Al hoyo! ¡Al hoyo con ella! Ja, ja, ja...

Los tres hombres que escuchaban atónitos la historia ahora tuvieron que sujetar a Fapo. Se había abalanzado sobre Escudero y aprisionándole el cuello le increpaba y le insultaba con palabras muy poco propias de él, palabras que corrompían y emponzoñaban su boca, mientras lo agitaba con sus fuertes manos como si se tratara de un monigote de trapo.

–Basta, basta –decía uno de los hombres–, repórtese vuestra merced o tendremos que denunciarle. Las reglas son las reglas.

Escudero, ya con el cuello liberado, tosía y se agitaba con fuertes espasmos, componiéndose a la vez el escote descolocado del jubón.

–Os vais a enterar –balbuceaba entre aspavientos–, por mi vida que esto no queda así.

Fapo apretaba los puños, conteniéndose.

–No, no va a pasarme nada. Ni una marca hay en vuestro cuello, ni una seña por pequeña que sea, nada. Os quedáis sin un maravedí, y esto solo ha sido la primera de vuestras desgracias –Fapo, con el cargamento de monedas a cuestas, tomó la dirección de la puerta–. Este es el mensaje que Melusiana me dio, pues sospechaba que detrás de su detención estaba vuestra podrida estampa: andad con cuidado Escudero o Esculapio o como queráis llamaros. Todo va a iros mal. Estáis conjurado por ella de por vida y os aseguro que eso es muy grave.

Sin importarle el estado en que dejaba a su enemigo, Fapo abrió la puerta y salió. No se detuvo a despedirse de los otros jugadores, ni del tabernero que lo había visto todo sin intervenir. Afuera era día temprano. Lucía el sol. Una ráfaga de brisa fresca le acarició la cara. Iría primero donde Luna y le devolvería los setecientos maravedíes, ya vería después a los chicos. Tal vez su antigua novia quisiera amarle como antes, necesitaba unos brazos en los que desahogar su impotencia y su dolor antes de presentarse ante ellos, unos brazos que le arrullaran y unos besos que le confortaran. Las violentas palabras de Escudero retumbaban en su cabeza. «¡Bruja maldita! ¡Al hoyo, al hoyo con ella!».

Fapo apretó los labios.

Mientras caminaba por las calles ya despiertas de Toledo, pensaba en Mirena y en cómo le diría que su ama nunca iría a buscarla al sur.

Capítulo 15.º

Era casi mediodía cuando Fapo llegó al asentamiento del río. Mirena y Albino no se habían movido del sitio, permanecían allí, esperando, y al verlo aparecer corrieron a su encuentro.

–¡Cuánto has tardado! –protestó Mirena tratando de adivinar en su cara el resultado de la noche–. Estábamos preocupados.

Fapo no respondió. Se limitó a vaciar sus bolsillos en el suelo, a los pies de los chicos que atónitos y estupefactos veían caer una cascada de monedas entrechocando unas con otras, y que al hacerlo producían el más agradable de los sonidos.

–¡Pardiez! –exclamó Albino palpando las monedas que sus ojos apenas distinguían–. ¡Lo has conseguido! ¡Has conseguido desplumar a Escudero!

–Y a los demás. ¿Qué os dije? –replicó Fapo jactancioso–. Admite ahora, muchacho, que me subestimaste.

Mirena observaba las monedas embelesada. Las de plata no brillaban como lunas pues eran de uso más o menos habitual y estaban oscurecidas y manoseadas, pero las de oro refulgían como soles. Casi no se atrevía a tocarlas.

–¡Qué maravilla! –dijo alborozada–. ¡Cuánto dinero! Ahora viajaremos al sur sin problemas, sin problemas. Fapo. ¿Te das cuenta? Te advertí que la faltriquera de Melusiana te daría suerte. Mira que si no la llegas a llevar...

Fapo contaba monedas. A la exclamación de Mirena, levantó el rostro y le sonrió.

–Toma –le dijo luego–, tu parte: mil cuatrocientos maravedíes, media onza de oro. Era vuestra, ¿no?

Como ya daba el dinero por perdido, Mirena dudaba si debía o no coger aquello que tan generosamente le entregaba Fapo. Tras meditar unos instantes declinó la oferta. En realidad poco importaba quién llevara el dinero, lo llevaban y eso era todo. Mirena rio ampliamente y abrazó a Fapo llamándole «su tesorero». Después abrazó también a Albino porque pensó que una buena amiga no merecería ser llamada así si no trata a todos sus amigos de forma parecida.

–¡Bendito, bendito sur! ¡Allá vamos! ¿Cuándo partimos? Estoy impaciente, quiero que lleguemos cuanto antes, establecernos y esperar tranquilamente a Melusiana.

Fapo arrugó el entrecejo; su semblante se oscureció como una nube de humo.

–Esperar... ¿a Melusiana?

–Sí, claro. Dijo que allí me buscaría. ¿No lo recuerdas? Tú estabas presente...

Ahora Fapo miró a Albino para ganar tiempo, o tal vez esperando una ayuda imposible. Cosa inútil; el chico solo tenía ojos y manos para las monedas.

–Sí, bueno... ejem... ella no lo aseguró... o al menos así lo entendí yo; no lo dio por hecho...

–Ya, ya sé que la acusan de cosas muy graves, pero algún día cumplirá su condena, ¿no? Cuando salga y me busque, yo estaré allí esperándola.

–Pero... ¿Y si no... sale?

–Oh, Fapo –dijo Mirena fastidiada–. ¿Cómo no va a salir? Antes o después cumplirá la condena que le impongan.

–Hay muchos presos que mueren antes de ser libres, la prisión es dura.

–¡Ay! ¡Qué cosas dices! Parece mentira que me hables así. No soy una tonta, Fapo; sé que puede no salir pero también sé que puede salir. Mientras tanto deja que me haga ilusiones, es lo único que me mantiene animada para llegar al sur.

Se hizo un espeso silencio que nadie fue capaz de romper y así zanjaron el tema. Luego Fapo se recostó sobre el lecho vegetal que habían improvisado junto al río y durante un rato, durmió. Lo necesitaba más que el aire; estaba extenuado. Cuando se despertó, aún de día, entre los tres recogieron y ordenaron sus alforjas ocultándolas después tras unos matorrales. Seguidamente y con tan solo la carga de las monedas, se adentraron en Toledo.

–Ah, qué ciudad –decía Fapo con su hablar grandilocuente–. Aquí nadie es extranjero. ¿Os he contado alguna vez que fue el mismísimo Hércules quien la fundó?

Si algún día me pierdo, os sugiero que me busquéis en Toledo.

Volvía a vestir sus ridículas calzas acuchilladas y su amplio y desangelado jubón de lino, pues pensó que no sería prudente pasearse con ropa robada exponiéndose a ser visto, ya que con toda seguridad el desgraciado al que Albino había desvalijado sería uno de los varios miles de individuos que poblaban Toledo.

En el mercado de la plaza de Zocodover, la misma donde el día anterior Mirena y Albino habían mendigado, se aprovisionaron de todo aquello que pudieran necesitar para el viaje. Comida principalmente, mantas, calzado nuevo para Mirena, un sombrero tricornio para Albino, una bolsa de arpillera grande y fuerte para las monedas, y para Fapo un elegante cinturón de cuero que adornaba y enmendaba su jubón.

Cuando hubieron terminado de comprar, Fapo dijo a los chicos que le siguieran. Caminaban despacio, no tenían prisa. Dejaron atrás el viejo barrio judío en el que ya no quedaban judíos y pasaron por delante de las casas moras donde ya tampoco había moros. Así llegaron hasta las puertas de una posada.

–Entremos –dijo Fapo cediéndoles paso–. Esta es mi sorpresa final.

Estaban frente a la posada de Luna, o de Juana, y aquella noche cenarían como no recordaban haberlo hecho jamás.

Mientras Mirena y Albino masticaban sin descanso, Fapo alababa las excelencias culinarias de Luna, no dejando un solo guiso o plato sin elogiar.

–Deliciosa longaniza, Juana –decía conteniendo los deseos de engullir–. Siempre cocinaste como los ángeles. –O bien–: Excelente, excelente; no hay jamón que yo haya probado que iguale al de tu casa. Y he probado muchos.

Fapo comunicó a Luna que permanecerían en Toledo un día más, para que Albino mejorase por completo, y anunció ante el regocijo de todos que comerían y cenarían en la posada.

La noche estaba cerrada cuando se dispusieron a dormir en el asentamiento del río. La modorra producida por el vino y por la copiosa cena, no estando acostumbrados ni a lo uno ni a lo otro, hizo que cayeran en los lechos como fardos y, cubriéndose con las mantas de lana recién adquiridas, no tardaron en notar la llegada del sueño abatiendo pesadamente sus párpados. Aun así, Albino tuvo tiempo de pensar fugazmente en sus ansiadas Indias, a las que pronto saludaría; Mirena, como de costumbre, evocó a Melusiana sintiendo punzante como un dardo toda su cruda ausencia. Fapo, antes de que le venciera el sueño, pensó que ahora, con dinero por primera vez en su existencia, una etapa de su vida terminaba y otra comenzaba para él. Y de pronto Cádiz se le antojaba pequeño para sus aspiraciones. Además, sin tener que esperar a Melusiana, ya nada les ataba al sur. Aquella noche acarició la idea de cambiar de planes. Lo difícil sería convencer... a... Mir...

No logró terminar sus pensamientos. Se había quedado dormido.

Súbitamente Albino se despertó. Tenía un extraordinario oído agudizado por la ceguera progresiva; había escuchado algo. Se quedó inmóvil bajo la manta y esperó. Sí, eran ruidos; apenas imperceptibles, pero ruidos. Correspondían a pisadas humanas, nada de perros o gatos o cualquier animalillo que, como ellos, viviera en la calle. Eran los inconfundibles y sigilosos pasos de hombres acercándose.

Albino se incorporó. La noche era oscura, no había luna y en un primer instante se sintió desorientado. Sabía que el peligro se cernía sobre ellos, aunque no sabía qué tipo de peligro sería ni tampoco si estarían en situación de esquivarlo. A tientas buscó a sus amigos y con gran cautela los zarandeó.

–¡Fapo, Mirena, despertad! –apremió azuzándolos en silencio.

Pero fue demasiado tarde.

Después todo sucedió muy deprisa. Varios hombres (tal vez dos, tal vez tres, tal vez más) surgieron como una aparición de entre la negrura de la noche y, perfectamente organizados, rociaron por sus pertenencias abundante cantidad de aceite y grasa caliente que sacaron de algún inexplicable lugar. Los camastros de hierbas y hojas secas, las confortables mantas de lana, las alforjas ahora llenas e incluso la propia ropa de Fapo y Mirena que nunca se quitaban para dormir quedó regada por aquella sustancia inflamable. Albino se libró por haberse despertado el primero consiguiendo así una cierta ventaja. Acto seguido los tres hombres lanzaron sobre ellos sus candelas de sebo encendidas y por un momento reinó la confusión.

La paja reseca prendió con facilidad al contacto con la llama del pabilo y el fuego comenzó a propagarse con asombrosa rapidez. Para cuando Fapo y Mirena pudieron entender qué pasaba realmente, ellos mismos ardían como antorchas. Aprovechando el desconcierto, los rufianes huyeron sin dejar rastro.

De inmediato Fapo reaccionó. La saya de Mirena desprendía llamas y ella gritaba y se revolcaba tratando de apagarlas. Más asustado por la niña que por su propio fuego, la agarró por el brazo y juntos buscaron en medio de la oscuridad el cauce del río. Albino mientras tanto intentaba salvar aquello que podía de idéntica forma y al hacerlo, las costillas rotas se le clavaban en el costado como lanzas.

–¡Al río! –se alzaba la voz de Fapo entre las llamaradas– ¡Todos al río!

Para descender al río había que salvar una pendiente arisca. Aun de día el peligro de caídas les hubiera hecho bajar despacio; de noche Fapo y los chicos rodaron por ella como bultos inservibles arrojados sin cuidado, dando tumbos y volteretas. Chuffsss, hizo el vestido de Mirena al contacto con el agua; chuffsss, resonaron las calzas de Fapo; chuffsss, chasqueó lo poco que Albino pudo salvar. Fapo tuvo que agarrar a Mirena que por el peso de la ropa húmeda y por la fuerza de la corriente, era arrastrada por el río, aquel río poderoso que nunca antes con Fapo, con ellos, se había mostrado tan cruel. Luego salieron del agua y subieron lentamente la pendiente, venciendo la resistencia de la ropa mojada y rota.

El panorama que encontraron arriba fue desolador. Diversos fuegos lo devoraban todo, las mantas, la ropa robada para Fapo, las alpargatas nuevas de Mirena, el elegante tricornio de Albino, todo. Los tres amigos, paralizados en medio del charco que formaban sus ropas empapadas, contemplaron el fuego desmoralizados, sin ser capaces de pronunciar una palabra. Fapo revisó la bolsa de arpillera que guardaba bajo su jubón comprobando que apenas una parte de ella había sido atacada por las llamas. Posiblemente faltarían algunas monedas, dedujo sopesándolas, que habrían sucumbido a la fuerza del agua, río abajo.

Con gran desamparo se sentaron en la hierba, junto a los restos de lo que hasta hace poco había sido su equipaje, únicas pertenencias de unos seres que por alguna inexplicable razón no parecían encajar en ningún lugar de este mundo. El amanecer los sorprendió despiertos, mojados, acurrucados unos con otros para darse calor, decepcionados. A la débil luz del día que se anunciaba, se examinaron. En realidad lo que más tenían eran quemaduras de poca importancia, algunas heridas no graves y las trenzas de Mirena habían menguado a menos de la mitad, nada irreparable. Fapo, aclarándose la voz rota por el desconcierto, tomó la palabra.

–Supongo que imagináis quién está detrás de todo esto, pero no vamos a caer en la inutilidad de insultar y maldecir a Escudero como hacemos siempre porque si por nosotros fuera, estaría maldito de por vida. Reservemos esas energías, hay que tomar medidas. He estado meditando durante la noche y... y nos vamos. Partimos sin demora, nos marchamos inmediatamente pues me fío de ese bellaco menos de lo que me he fiado nunca de nadie. La mayoría de las monedas han quedado a salvo y nosotros, aunque lesionados, afortunadamente también, dudo por lo tanto que Escudero se dé por vencido. Os aseguro que en la taberna del Marrano lo vi muy alterado. En cuanto al equipaje, lo repondremos en cualquier pueblo por el que pasemos ¡Sus! –Fapo se incorporó–. Andando, o se nos entumecerá el cuerpo aquí sentados.

Albino y Mirena le imitaron perezosamente. El pálido rostro de Albino disimuló una mueca de dolor al levantarse. Por las mejillas de Mirena resbaló una lágrima.

Antes de abandonar Toledo, pasaron por la posada de Luna. Fapo quería despedirse de ella, nunca volvería a marcharse como lo hizo la última vez, furtivamente y de noche para no tener que darle explicaciones. Pero Luna había madrugado y ya no estaba en la posada. Fapo no se dio por vencido y le dejó unas palabras escritas con la pluma que allí mismo tomó prestada, pues la suya había desaparecido en el incendio.

Partimos un día antes de lo previsto, Juana, han surgido problemas. No iremos a Cádiz, me llevo a la niña a las Indias, donde espero darle la tranquilidad que se merece. Esta vez la despedida es para siempre. Te recordaré. Queda con Dios: Fapo

Luna no sabía leer pero Fapo se dijo que aquello no era un problema, alguien, cualquier cliente de la posada o amigo lo haría por ella. A continuación buscó la compañía de los chicos que le esperaban afuera y sin volver siquiera la cabeza dijeron adiós a Toledo.

Capítulo 16.º

Dejaron atrás Toledo. Siempre siguiendo la ruta terrestre más utilizada, cruzaron sus montes limítrofes, moderadamente elevados, enclavados en un paisaje arisco de bosque repleto de breña y arbustos, donde diversas variedades de caza campaban a sus anchas. Después surgieron montes más elevados y tuvieron que buscar sus valles para atravesarlos. Pararon en Ciudad Real y fue allí donde repusieron el equipaje, poca cosa, lo justo para el viaje. En días posteriores surcaron la altiplanicie de Campo de Calatrava, en la que numerosos castillos edificados en cerros o altozanos, rompían la lisura del horizonte. Y otra vez montañas; montañas boscosas, montañas peladas, montañas recubiertas de matorral donde solo los caminos que unían aldeas destacaban como heridas en la tierra, montañas morada de bandoleros, montañas pespunteadas de olivos que parecían desde la distancia una tela moteada.

Así transcurrieron muchos días, alguna semana tal vez. Eran tres personajes errantes, huyendo de algo impreciso, hacia no se sabía qué.

En Córdoba decidieron hacer un intervalo de descanso, un alto en el camino. El viaje desde Toledo había terminado con sus reservas físicas y además, Albino se sentía peor.

–Mejoraré si reposamos un día –aseguró–, es simplemente cansancio.

Las heridas de la cabeza habían cicatrizado en su totalidad y el cabello le crecía tupido y rizado como borra blanca. Que las costillas fracturadas terminaran de sanar era, pues, cuestión de poco. Siempre y cuando se cuidase.

Se habían detenido en el viejo puente romano, sobre uno cualquiera de sus dieciséis arcos; a sus pies discurría el Guadalquivir y dijo Fapo contemplando la ondulación de las aguas:

–Tal vez no sea mala idea esa de tomar un bote de remos y llegar a Sevilla navegando. Hemos caminado mucho. Pensar que podemos viajar sentados y sin las alforjas sobre nuestros hombros me anima bastante, la verdad.

Los chicos opinaron igual.

Fueron a un embarcadero donde un barquero alquilaba gabarras. Eran barquitas simples y pequeñas, con la agilidad necesaria para cruzar el río por su cauce menos navegable, vehículos utilizados de forma habitual para el transporte de mercancías entre un punto y otro del río. Fapo se interesó por el precio del alquiler: no era alto, pero tenían que dejar en depósito una cantidad importante que recuperarían en Sevilla, cuando devolvieran la barca en el lugar receptor. Para ello, el barquero les selló con una barrita de lacre un documento acreditativo del dinero depositado, y junto a la cantidad de la fianza escribió una dirección: la del lugar de Sevilla donde devolverían el bote. Aunque había gran variedad de destinos, Sevilla era sin duda el más solicitado.

Los tres estuvieron de acuerdo y con la acreditación en la mano se alejaron del embarcadero. Solucionado el asunto del transporte, determinaron partir al día siguiente, en cuanto amaneciera.

Por la noche, a la luz de las estrellas y alrededor de una hoguera, conversaron sobre Sevilla, sobre las Indias, sobre lo poco que quedaba para finalizar la huida, sobre el sur. Fapo meditaba buscando la mejor manera de contar a Mirena la fatal noticia; Mirena en cambio, tumbada boca arriba, contaba estrellas y se preguntaba si su ama podría contemplar las mismas desde el lugar donde estuviera.

–Melusiana me dijo una vez –evocó la niña en voz alta– que mi madre me escucha desde el cielo.

Ante eso, comenzaron a hablar de religión. De los tres, Albino era el único no bautizado.

–En África –dijo–, de donde proceden mis padres, hay dioses diversos: el dios de la lluvia, el dios del viento, el dios de la cosecha, el dios de la guerra... Parece ser que todos son válidos. Luego mis padres en Portugal mezclaron unas creencias con otras, la de la tribu de sus antepasados con la cristiana de sus amos y si he de ser sincero, tengo que decir que a mí no me trasmitieron nada, lo que se dice nada.

Fapo pensó: «un agnóstico».

–Melusiana me contó –prosiguió Mirena– que el alma de los muertos vaga en la oscuridad hasta que encuentra la luz del Paraíso. Cuanto mejor se hayan portado en vida las personas, antes encuentran la luz. Hay quien puede tardar muchísimo.

–Entiendo –asintió Fapo–. Es una forma correcta de explicar el tránsito del purgatorio, algo que, según las nuevas corrientes protestantes, no existe.

Los niños nada habían oído sobre eso. Mirena añadió:

–Melusiana a menudo decía que mi madre encontraría la luz enseguida, porque era muy buena.

–Si es por eso, la mía aún la andará buscando –soltó Albino con una mueca jocosa.

Aunque se trataba de humor negro, Mirena rio la gracia.

–Melusiana dice siempre...

–¡Basta! –cortó Fapo enérgico–. Basta ya de Melusiana. Basta de una vez por todas. Tienes que olvidarla.

El rostro de Mirena se contrajo. Fapo fue consciente del impacto.

–Olvidarla, sí. Y créeme que me cuesta decirte esto, pero es así como debes actuar.

–¿Ol... olvidarla?.... Pero, ¿por qué?

–Sí, eso. Por qué va a olvidar a Melusiana –dijo Albino que no entendía la reacción de Fapo.

–Pues... –dijo agitando los brazos–, pues porque tal vez no vuelvas a verla... y... y tú vives como si su ausencia fuera algo pasajero.

–Fapo, Fapo. ¿Ya empezamos? –protestó Mirena incorporándose hasta quedar sentada en el suelo–. Ella dijo que...

–No importa lo que dijera –interrumpió Fapo tajante–. Las cosas han cambiado y mis planes también. Melusiana está presa. Y eso si vive. Quizás esté muerta.

Ya estaba dicho. Y de qué brusca manera, pero no había encontrado otra mejor. Toda la ruta de Toledo a Córdoba le había costado decidirse, decenas de leguas pensando en la forma menos dolorosa de hacerlo, un sinfín de horas ensayando la proclama y ahora lo había soltado como quien escupe una molesta espina de pescado al suelo. Observó de soslayo a Mirena en cuya expresión demudada no cabía más sorpresa.

–¿Qué quieres decir con eso de... muerta?

–Muerta. He querido decir lo que has oído; he dicho muerta. O presa de por vida, que para el caso es igual.

Torpe e insensible pregonero. Se sopapearía. ¿Dónde había dejado su diplomacia sutil? Tal vez el asunto le afectaba mucho más de lo que pretendía y, por consiguiente, toda indiferente delicadeza no tenía lugar.

–No, no... no es posible... –Mirena agitaba la cabeza–. Dime que no es cierto, dime que es una broma...

La voz de Fapo poco a poco se suavizó.

–No, no bromeo pequeña, es como lo oyes. Ella también pensaba en esa posibilidad, lo dijo en Valladolid, yo estaba presente –se acuclilló ante Mirena–. Oh vamos, lo siento de verdad, pero tenía que decírtelo. No puedes vivir esperándola, Melusiana no vendrá.

Mirena ahora se golpeaba los muslos. Hacía bascular su cuerpo adelante y atrás, como una cucaña. Negaba con la cabeza.

–No puede ser, no puede ser... Tú no podrías saberlo...

Fapo le habló de la conversación que mantuvo con Escudero y de cómo en pago a la totalidad de la deuda de juego le extrajo la información deseada: el traslado de Melusiana a Pamplona, el juicio y la sentencia final. Lógicamente omitió el episodio de la tortura, sabiendo con seguridad que Mirena no lo soportaría.

Albino, paralizado por el asombro, escuchaba el relato sin perder detalle, sintiendo una profunda lástima por su amiga.

Qué pudo pasar entonces por la cabeza de Mirena es algo que ni Fapo ni Albino descubrieron. Ahora, de pronto, tenía los labios sellados, los ojos abiertos, perdidos en el centro más profundo de la hoguera, allí donde anidan la luz y las tinieblas. Ya no se golpeaba los muslos. Ya no basculaba. Sentada sobre sus piernas, con las manos sobre el regazo, había adoptado la inmovilidad de una estatua. Fapo acarició su pelo corto, chamuscado, revuelto, sin las trenzas que ella ya no había sido capaz de trenzar.

–Y he pensado... he pensado que tú y yo estaríamos mejor en las Indias, con Albino, en esa tierra donde nadie nos conoce, donde nadie nos persigue, donde no tenemos recuerdos que almacenar...

–¡Juntos a las Indias! –exclamó Albino suspirando–. Eso sería maravilloso.

–Una nueva vida, Mirena, nueva y buena para los tres...

Fapo se acercó aún más a ella, que seguía quieta y le tomó las manos. Estaban tan sucias como los pies, que a ratos caminaban descalzos. Luego, abarcándola con su cuerpo, con un dolor que le traspasaba, muy suave la abrazó. Nunca, que él recordara, se había sentido tan profundamente conmovido. Pero es que nunca con nadie se había encariñado tanto como con la niña. Y entonces con voz quebrada por la emoción que le bullía en la garganta, le habló, sin pensar si era propio o no, como los grandes poetas que él había leído hablaban a sus amadas.

–Qué dices niña preciosa, flor de clavelina, rosa fresca, niña galana. ¿Qué dices a eso? No voy a marchar a las Indias sin ti, pero no sabes cuánto me gustaría convencerte.

Mirena continuó con la vista fija en la hoguera. Ni un sonido salió de su boca. Era el principio de su largo silencio.

Mirena pasó tres días y tres noches encerrada en su mutismo. No quiso comer y tampoco hubo manera de persuadirla para que tomaran el pequeño bote alquilado rumbo a Sevilla. Permaneció todo ese tiempo sumida en una tristeza absoluta, que se adivinaba sin dificultad por el rictus amargo de su cara, pero no lloró. Durante los tres días, todo tipo de imágenes pasadas desfilaban por su mente: Melusiana zurciendo sus sayas, Melusiana preparándole ricas tortas dulces, Melusiana contándole historias, cantándole canciones añejas de las que cantaban las ancianas de su vieja tierra, Melusiana peinándole las trenzas... En realidad no había un solo recuerdo de su vida que no estuviera asociado a Melusiana. Fapo y Albino respetaron su silencio y esperaron. El cuarto día Mirena abrió despacio los labios y con voz entrecortada musitó:

Cantan los gallos,
yo no me duermo
ni tengo sueño...

Lo hizo en voz tan baja que ni Fapo ni Albino la entendieron. Además no les pareció una canción, quizás, como mucho, un lamento. Después ella señaló su alforja.

–La faltriquera... –dijo–. Me hubiera gustado extender sobre su tumba la tierra de la faltriquera...

Fapo se aproximó a ella.

–Oh, vamos...

–Pero me prohibió que la buscara y prometí obedecer. A cambio la faltriquera siempre irá conmigo, como esta lágrima de la mano ¿la ves? –se la mostró. Acto seguido se levantó del suelo–. No quiero estar sola, odio la soledad y siempre la he odiado. Si lo que deseas es ir a las Indias, Fapo, si los dos partís a las Indias yo iré a las Indias también.

Una única cosa pidió Mirena que se le concediera antes de dejar Córdoba: era indispensable que Leona recibiera un correo con el anuncio del cambio de planes, pues así se lo había prometido al despedirse el día que salieron de Valladolid.

–Me comprometí a informarle de nuestro paradero, y debo cumplirlo.

A lo que Fapo respondió que consumaría sus deseos de inmediato.

Enviaron un correo a Valladolid, a la casa de postas de Leona. Qué sencillo y fácil resultaba todo con dinero. Fapo redactó un breve pero preciso mensaje contando la fatal suerte de Melusiana y la nueva dirección que habían tomado los acontecimientos. Ofreció que para lo que gustaran tanto ella como Dimas, no era en el sur donde los encontrarían, sino en las Indias, si tenían a bien visitarlos. Prometió asimismo mandar otro correo desde el lugar definitivo donde se establecieran. Mirena, a modo de firma, dibujó torpemente una flor.

Ahora estaban ya en el bote, navegando apenas sin remar, mecidos por los vaivenes de la corriente, río Guadalquivir abajo. Conversaban de tal o cual cosa, de nada en particular y Fapo dijo de pronto:

–Es curioso. Resulta que los tres, de alguna forma, estamos unidos por un pasado común.

–¿Un pasado común? –preguntó Albino–. ¿Desde cuándo?

–Desde el nacimiento, por supuesto –respondió Fapo concentrándose en los recuerdos–. Veréis: por lo que sé de vosotros y de mí mismo, los tres hemos sufrido en nuestras carnes el abandono materno. ¿Estáis de acuerdo? Oh, sí, ya sé que tu madre lo hizo de forma involuntaria, no me mires así –aclaró Fapo dirigiéndose a Mirena, a cuya cara se asomaba la mayor de las sorpresas.

Pero el asombro de Mirena no era debido a la alusión a su madre. Mirena se había quedado en suspenso porque era la primera vez que Fapo mencionaba a su familia. Y como nada sabían los chicos de su pasado, lo que favorecía la curiosidad natural, entonces cualquier pequeña información que desvelara parte del misterio sería bien recibida. Mirena, anhelante, fijó su atención en aquella frase mágica, y se dijo que, también como ellos, Fapo había tenido en algún momento de su vida una madre.

–¿Nunca os he hablado de mis padres? ¡Qué despiste imperdonable! No entiendo cómo he podido hacerlo. Y creedme que me muero de ganas de hablar de ello.

–Pues lo has disimulado muy bien –adujo Albino cínicamente.

Mirena casi explotaba de ansia.

–Cuenta, cuenta, por favor.

Y entonces Fapo se estiró como un gallo y ahuecó sus brazos lo mismo que si fueran plumas.

–No os engaño, amigos míos, si os digo que mi madre descendía de príncipes moros. Oh, sí, ya lo creo, de la estirpe nazarí, la última que habitó Granada antes de la expulsión, y mi padre... mi padre fue... un bufón.

–¡Oh! –exclamó Mirena.

–¡Ah! –prorrumpió Albino.

–Mi madre tenía la tez dorada como la arcilla del alfarero recién horneada y el cabello negro, espeso y rizado como crines de caballo; de caballo árabe, se entiende, que en belleza y porte superan a cualquier otro. Dicen que era hermosísima. Mi padre, sin ser tan agraciado, tenía elocuencia, desparpajo, atrevimiento, gracia y cultura; era todo un juglar. En la época en que se conocieron, la familia de mi madre era aún muy rica, se dedicaba a negocios de la seda y mi padre acudía allí como cliente, por encargo de los señores a quienes servía. Mi madre quedó prendada de él en cuanto lo vio –Fapo sonrió inclinando la cabeza–. Tendría más o menos vuestra edad y os puedo asegurar, amigos míos, que se rindió al amor, pues mi padre debió de conquistarla con su palabrería locuaz y con su sabiduría inmensa –ahora dirigió una mirada profunda a los chicos e, inopinadamente, cambió el tono de voz–. Pero eran amores prohibidos y estaban malditos desde el mismo día de su comienzo.

Surgió un tramo difícil del trayecto, el río se tornó sinuoso y Fapo hizo equilibrios con los remos.

–En los tiempos de que os hablo –prosiguió– soplaban malos vientos para los sarracenos. Habían perdido Granada, último reducto de su antaño próspero y extenso imperio andalusí, a manos de Isabel y Fernando, los abuelos maternos de nuestro rey, que de ahí le viene al borgoñón la sangre española. Tras la pérdida de su reino, muchos árabes huyeron a Oriente, pero otros se quedaron, aunque para ello tuvieron que convertirse forzosamente al cristianismo pues de lo contrario habrían sido expulsados de aquí. Eran los «cristianos nuevos», ya habréis oído hablar de ellos, los conversos, que ocultos en la intimidad de sus hogares seguían practicando sus viejas costumbres: ayuno en el ramadán, celebración de sus pascuas, abluciones rituales, lavatorios... en fin, todo eso que los diferencia de nosotros. Enseguida les dieron el sobrenombre despectivo de moriscos, y no sin razón: en realidad no eran cristianos verdaderos, pero tampoco auténticos moros. Pues bien: mi madre era una de ellos, una morisca.

Progresivamente el río se ensanchaba. Comenzaban a aparecer embarcaciones mayores, de medio calado y una de ellas los pasó rozando e hizo virar el bote. Fapo, siempre sin perder el control, lo enderezó. En ambas orillas chopos y fresnos refrescaban la atmósfera. A lo lejos, dibujando el horizonte bajo un velo de bruma, se adivinaban bosques de encinas y alcornoques.

–¿Y tú? –preguntó Mirena viendo que Fapo hacía un alto en el relato–. ¿Dónde estabas entonces?

–No existía, no había nacido aún, pero tranquila, ya prosigo. –Fapo entornó los ojos, recordando–. En algún momento de la relación de mis padres, que era secreta y estaba prohibida, yo vine al mundo.

–¡Qué emocionante! –suspiró Mirena.

–Oh, no; no lo creas, nada de emocionante. La familia de mi madre se enfureció muchísimo cuando se enteró, como bien podéis imaginar, y a mí se me declaró ilegítimo. Pude no haberlo sido, por cuanto que los matrimonios entre morisca y cristiano estaban permitidos, pero ellos, revueltos de ira, ni remotamente lo permitieron acogiéndose a su antigua tradición musulmana. A mi madre la separaron por la fuerza de su bufón enamorado y de su hijo recién nacido –Fapo adoptó un gesto trágico, dramático–. Recogieron sus tesoros, que cada vez menguaban más debido a la oposición de la sociedad hacia los moriscos y marcharon a las tierras de sus antepasados para no volver jamás. Yo quedé bajo la custodia de mi padre, que me crió ayudado por la mujer con la que más adelante se desposó, una panadera gruesa, fea y ordinaria que no llegó a enamorarle porque, según me contaba a menudo, nunca logró olvidar a su hermosa princesa nazarí.

–Ay, Fapo, qué historia tan triste –exclamó Mirena turbada–. ¿Y qué pasó después?

–Mi padre y su mujer recorrieron el reino entero trabajando en palacios y casonas donde una panadera y un bufón se hicieran necesarios. Yo viajaba con ellos. A mi padre he de agradecerle el amor que me inspiró por los romances, a él le debo todo lo que sé y de él aprendí cuanto utilizo para ganarme la vida. A mi madrastra... a mi madrastra en realidad no le debo apenas nada. Y eso es todo –concluyó haciendo un amplio arco con sus cejas.

Los tres amigos se miraron solidarios, unidos ahora más que nunca por un pasado ciertamente común. Así que ese era el enigma de su pasado, la incógnita sobre sus orígenes, el famoso misterio de Fapo. De ahí venía esa extraña conjunción de príncipe y bufón que llevaba dentro y que lo hacía tan particular.

–Y tu padre –preguntó Mirena–. ¿Dónde está ahora?

–Hace años que murió y desde entonces viajo solo, porque aún no he encontrado lo que busco.

–¿Lo que buscas? –indagó Albino–. ¿Y qué es?

Fapo sonrió, mostrando sus dientes blancos y bien alineados. «Sonrisa mora», se dijo Mirena, ahora lo sabía.

–Busco la mujer más bella, más graciosa y más cautivadora de la tierra. Con ella y con ninguna otra compartiré mi vida. Tal vez en las Indias la encuentre, tal vez...

Capítulo 17.º

Mientras todos estos sucesos ocurrían, una mujer de mediana edad recorría Castilla. Huía al sur y no era la primera vez que lo hacía.

Melusiana se encontraba de nuevo en Valladolid, siguiendo una ruta similar a la que ya tomara con La Nena algún tiempo antes, y tenía la sensación de que la historia de la huida comenzaba de nuevo, aunque este segundo viaje lo estuviera haciendo mucho más escondida, mucho más cansada y mucho más sola. Ahora, además, las cosas habían cambiado. Cierto que iría hasta Cádiz, en busca de la niña pero ya no se quedarían a vivir allí, junto al mar, como siempre le había prometido. En cuanto la encontrara, volverían a huir, tal vez a Portugal, tal vez a África, o a las Indias como aquel desdichado de Albino. Castilla no era segura para ella, jamás lo había sido pero actualmente, tras su reciente fuga, menos que nunca.

La fuga. Otra más. En realidad toda su existencia era una prolongada e interminable huida.

Durante sus largos días de soledad, Melusiana tuvo tiempo sobrado de repasar los últimos acontecimientos vividos en Pamplona, y entonces toda la amargura soportada se le revolvía en el cerebro.

Se hallaba en la prisión de Pamplona, lo recordaba bien. La habían trasladado desde Valladolid en cuanto supieron quién era y quiénes la reclamaban. Apenas tuvo tiempo de despedirse de La Nena y de encomendarle que sin demora se marchara al sur. En Pamplona la interrogaron sin descanso, una y otra vez. Querían que confesara cosas, algunas imposibles. La torturaron sin piedad aquellos hombres siniestros: el verdugo, cuyo rostro se encontraba oculto, enmascarado; los jueces que seguían formulando preguntas, un escribano que tomaba nota de todo y que redactaría el acta, y el médico que certificaría hasta qué punto el cuerpo de la rea soportaba la tortura.

No tuvo suerte. Su pasado inflado de difamaciones había llegado hasta Pamplona, tenía enemigos, cayó en las peores manos posibles; no, no tuvo suerte. Con la carne desollada y el cuerpo al límite, habría sido humano hablar, decir todo aquello que querían que dijera, fuera cierto o no, pero Melusiana resistía, y cuando no podía soportarlo, era una bendición perder el conocimiento y dejar por un momento de sufrir.

Decididamente, no tuvo suerte. Probó el potro, los flagelos, la rueda; le abrasaron los pies. Melusiana arrastraría a raíz de ello una cojera para siempre y ahora, al recordarlo, se contempló tristemente el rudo vendaje que aún los protegía.

Culpable. Había sido declarada culpable. Permanecería presa en su celda durante cinco años y luego sería desterrada lo más lejos posible de toda frontera navarra o castellana.

Iban pasando los días. Melusiana yacía en el suelo de su calabozo, más en el otro mundo que en este. Nadie daba por su vida un maravedí, ni ella misma, que en su agonía a menudo creía oír los tañidos lejanos de una campana que tocaba sola, o tres golpes consecutivos en el suelo, maneras inequívocas que tenía la muerte de anunciarse. Un gato flaco y negro se colaba frecuentemente por el ventanuco alto de la celda y devoraba la ración diaria de comida que Melusiana, en su estado, solo podía ignorar. Después se acercaba a la enferma y le lamía las heridas. A falta de remedios mejores, Melusiana sabía que al menos la saliva del animal limpiaría sus llagas y magulladuras. Pero no mejoraba. Transcurrida una semana aún no podía levantarse aunque ahora se esforzaba por empezar a comer. El gato seguía visitándola y compartían la sopa de su escudilla. No fue visto por nadie, pues nadie se acercaba a la celda. Únicamente el carcelero hacía su aparición por las mañanas, y ni siquiera entraba; depositaba la escudilla llena con una mano y con la otra recogía la vacía.

Cierto día Melusiana recibió una visita. Estaba recostada en su tarima, dormitando, y como recibir visita era algo inusual, trató de demostrar vivo interés incorporándose en el catre, cosa que con dificultad consiguió. Era un hombre quien había entrado, joven aún, aunque lejos de ser mozalbete, distinguido y muy apuesto, que se presentó como oidor del Consejo Real de Pamplona. Melusiana palideció ante la magnitud del cargo y se preguntó qué podía querer de ella tan elevado personaje.

–Tú no me conoces –le habló en perfecto vascuence–, pero yo a ti sí, o al menos conozco tu trayectoria.

Un espasmo de pánico que no pasó desapercibido al oidor encogió aún más a Melusiana en el catre al oír la palabra *trayectoria* en labios de alguien tan poderoso.

–No tengas miedo, mujer –dijo el hombre pausadamente–, estoy aquí para ayudarte.

–¿Ayudarme... decís? –balbuceó Melusiana incrédula.

–Por el Todopoderoso que sí, pero deja que te explique.

El oidor sacó la cabeza por la puerta de la celda e inspeccionó en ambas direcciones, asegurándose de que se encontraban solos. Luego la cerró a cal y canto. El cuerpo de Melusiana se tensó, los pelos de la piel se le erizaron, un sudor frío le recorrió la espalda. El oidor sonreía y se aproximaba a ella. Melusiana, en guardia, observaba aquella sonrisa que lo mismo podía ser afable como cruel, y se replegó todo lo que pudo junto a la pared, paralizada por el miedo. Le habían hecho tanto daño... El oidor se inclinó sobre ella, estaba tan cerca de su cuerpo que casi lo rozaba. Melusiana pensó gritar, atacarle, defenderse mientras le quedara un aliento de vida, pero sus músculos permanecían agarrotados y ni siquiera podía llorar. El oidor tenía la cara frente a la suya y seguía sonriendo. Podía sentir su olor limpio, a jabón perfumado, y pensó que en medio de todo era un buen momento para morir. Sus manos blancas y suaves de hombre letrado se apoyaron entonces en los hombros escuálidos y recubiertos de harapos de Melusiana y casi en un susurro preguntó:

–Mi hija... ¿Dónde está mi hija?

Ahora, sola y meditabunda por tierras castellanas, Melusiana aún se estremecía al repasar ese episodio. Recordaba con absoluta precisión el rostro amable de aquel hombre que albergaba, a pesar de su sonrisa, cierta inquietud y ansiedad al preguntarle por su hija de sangre, por La Nena, a la que no conocía porque había renunciado a ella desde mucho antes de nacer. Sin embargo no quería recuperarla; él tenía otro hogar, otros hijos lo llenaban, La Nena no tenía cabida allí. Pero sospechaba que, presa Melusiana, estaría desatendida y todavía no era lo bastante mayor.

–No habrá cumplido aún los trece, si mis cuentas son fiables, ¿me equivoco? –preguntó el oidor calculando.

De modo que ayudaría a Melusiana a escapar de su encierro, pues sabía que la pobre mujer maltratada que tenía delante era lo único que La Nena poseía en el mundo.

–Debes buscar a la niña cuanto antes –apremió–. Por su bien no deseo que sufra. Es lo menos que puedo hacer por ella como padre. Yo te garantizo seguridad hasta cruzar la frontera de Navarra, después, tú sola tendrás que defenderte.

Un rictus tembloroso se adivinó en los labios de Melusiana. ¿Era aquello cierto? ¿Le estaba sucediendo así o se trataba solo de un sueño? Por eso, inmóvil en la esquina de su catre, no se atrevía a parpadear por miedo a despertarse.

–¿Cómo... cómo lo sabíais? –pudo articular transcurridos unos instantes–. ¿Cómo os enterasteis de la suerte de la niña?

El oidor se incorporó dispuesto a dar los dos o tres pasos que le separaban de la puerta. Continuaba sonriendo.

–Los oidores escuchamos todo, lo sabemos todo. Nada se nos escapa. Pero hay una cosa que no me ha llegado: su nombre, no sé su nombre, ni tampoco si se parece a mí.

Por la sonrisa que apareció transformando el rostro de Melusiana, el oidor supuso todo el amor que aquella mujer sentía por la niña.

–Es idéntica a su madre...

–Hermosísima entonces...

–...Y aunque yo la llamo La Nena, o Mirena, su nombre de bautismo es María.

–Como la Virgen...

–Sí, como la Virgen.

–Pues encomiéndate a ella porque a partir de ahora te va a hacer falta.

Antes de abandonar la prisión, el padre de La Nena dio instrucciones al carcelero para que un médico visitase a Melusiana y le curase los pies en condiciones. Deberían, además, aumentarle la ración diaria de puchero. Depositó unas cuantas monedas en la mano del hombre, que prometió cumplir sus deseos. Y así había sido. Cuando Melusiana fue capaz de volver a caminar, el oidor preparó su fuga. No fue difícil. Un festejo taurino en la plaza Mayor al que acudió casi toda la ciudad dejó la cárcel al cuidado de un único vigilante. En tales circunstancias engañar al solitario centinela, acceder a la celda y dejar que la presa marchara no presentó ninguna dificultad para un importante oidor del Consejo Real de Pamplona. Melusiana no perdió el tiempo. Se encontraba fuerte y restablecida. Llevaba además ropa decente, comida, algo de dinero y los salvoconductos necesarios para cruzar la frontera.

Cuando al día siguiente descubrieron que la pequeña mazmorra estaba vacía sin haber sido forzada su puerta, dieron la voz de alarma, pero ya era demasiado tarde. Nadie podía explicarse la fuga. Un gato negro apareció de pronto y se paseó tranquilamente por el cubículo que conocía tan bien. Al intentar atraparlo se escabulló por el alto y pequeño tragaluz para no volver más. Seguramente ahí comenzaría a tejerse la famosa leyenda de la bruja malhechora que, transformándose en gato, escapó de su prisión por la ventana, historia que Melusiana, cada vez más lejos de Pamplona, nunca llegaría a conocer.

Capítulo 18.º

Sevilla recibió a los tres amigos con la aglomeración propia de una de las ciudades principales de Castilla y sin lugar a dudas la más poblada. Su puerto fluvial albergaba una legión de barcos pequeños mezclados sin demasiado orden con otros de mayor calado, carabelas, galeras, galeazas, que pugnaban por hacerse un sitio en aquellas aguas convertidas en una inmensa dársena. Alcatraces y gaviotas se dejaban ver de cuando en cuando en esa población que distaría del mar catorce o quince leguas como mucho. Fapo y los chicos devolvieron la barca en el lugar indicado, recibiendo a cambio el dinero depositado a modo de fianza en Córdoba, tal y como había quedado estipulado.

Desde tierra firme, a los pies de la torre que junto al río defendía el puerto, Fapo se plantó de cara a la ciudad observándola en toda su extensión como solamente puede ser observada una ciudad de tan baja altitud y extraordinariamente llana. Era bien visible la sólida muralla árabe de larguísimo perímetro, apenas capaz ya de contener una ciudad que poco a poco la rebasaba. Dentro de ella sobresalía como un estandarte el antiguo alminar musulmán que en su día había presidido una mezquita, aunque ahora la mezquita no existía, siendo el lugar ocupado por un templo cristiano de proporciones desmesuradas y de reciente finalización. A su alrededor se amontonaban las casas y la vida, creciendo y expansionándose con la rapidez de un fuego forestal. Y al otro lado del río, el arrabal marinero y pueblerino que era Triana, donde Fapo recordaba haber vivido los mejores momentos de su infancia.

–Vieja y querida Híspalis –musitó tratando seguramente de impresionar a los chicos–, estás como te recuerdo y te admiro; yo te saludo.

Pero esta vez, absortos como se hallaban por la contemplación del nuevo destino, Albino y Mirena no hicieron comentario alguno, ni sobre el extraño nombre que Fapo había dado a Sevilla ni sobre ninguna otra cuestión.

Los tres amigos caminaban reunidos en medio de la marea humana, tratando de no separarse. Sujetaban con fuerza sus alforjas mientras peleaban por abrirse paso en unas calles repletas de gente tan diversa y variopinta como lo eran las lenguas en las que hablaban. Ciudad de extranjeros, la llamó Fapo, y no sin razón pues mercaderes genoveses, franceses, portugueses y alemanes acudían a hacer sus negocios allí, al lugar en el que todas y cada una de las riquezas llegadas de las Indias tenían que dar cuenta forzosamente; único puerto existente, por lo demás, para embarcar allende el océano a la España de ultramar.

Fapo caminaba por delante marcando la ruta, seguido a muy corta distancia por los chicos y apretando contra sí la bolsa del dinero, dado que a esas alturas del viaje no ignoraba lo fácil que resultaba perderlo.

–¡Ajá! –dijo triunfante deteniéndose frente a una impresionante fortaleza amurallada–. Aquí está el Alcázar, lo encontré. Era muy niño cuando salí de Sevilla y la ciudad ha cambiado mas, como veis, conservo buena memoria.

Estaban por fin ante la puerta a las Indias, la afamada, la ineludible y obligatoria, la importante y arrogante Casa de Contratación, que se hallaba en uno de los ricos palacios árabes o mudéjares que se asentaban detrás de esa muralla.

Había una multitud de gente dentro y fuera del Alcázar lo que no impidió que dieran enseguida con la Casa. Entraron, pero tras esperar pacientemente el turno de ser atendidos se desencadenó un nuevo problema.

Para embarcar en cualquier bajel del tipo que fuera, la Casa debía proporcionar al viajero una licencia personal, necesitando como requisito imprescindible no ser extranjero, no ser esclavo, no ser negro, no ser mulato ni berberisco, no ser moro ni judío... Albino era extranjero, era hijo de esclavos liberados y era, a pesar de no parecerlo, hijo de negros. Recibir pues la licencia se presentaba en verdad complicado.

Ante el funcionario que les facilitó la información y que ahora los apremiaba a dejar sitio libre, los tres amigos se miraron. Fapo comentó en voz baja, solo para ellos, que en realidad tanto daban todos esos impedimentos: Albino no poseía documentos que confirmaran o denegaran ni una cosa ni otra.

Salieron al exterior profundamente decepcionados.

–¡Maldición! –farfulló el chico fuera de sí–. Nadie me dijo nunca que subirse a un barco de esos fuera tan cochinamente difícil.

Ayudaba a obtener la licencia de pasajero ser cristiano viejo, es decir, no converso. Fapo y Mirena podían jactarse de ello, pero el pobre Albino ni siquiera estaba bautizado.

Albino arrugó el ceño. Él era el único que desde siempre había querido de verdad viajar a las Indias, él, el que tenía los planes forjados; suya había sido la idea, suyo el desarrollo del proyecto y ahora resultaba que cualquiera de sus amigos tomando la decisión en el último momento podía embarcar antes que él. Pese a saber que no era lo justo, sintió una maligna e irrefrenable envidia hacia ellos.

–¿Y ahora qué haremos? –se quejó con total desaliento–. ¿Os iréis sin mí? Oh, sí, eso haréis, y no debe extrañarme, sería lo más lógico.

–Deja de lamentarte, muchacho –repuso Fapo–, dijimos que este asunto lo terminábamos juntos o no lo terminábamos. Alguna manera de que embarques habrá, solo es cuestión de dar con ella. Y daremos, aunque nos lleve trabajo, cuenta con ello.

Seguidamente decidieron buscar una posada para dormir. Sevilla no era segura, con esas hordas de gentuza que aspiraba a un puesto de paje o de grumete, puestos apenas sin cualificar que cualquier expedición a las Indias necesitaba, y con esa cantidad de mendigos e indigentes que acudían en masa a una ciudad tocada por la riqueza. En diversos momentos de la marcha Fapo dudaba, se paraba en seco y trataba de recordar mentalmente el plano de la ciudad. Ciertamente Sevilla estaba cambiando. Su antiguo trazado árabe de edificios cerrados en torno a patios interiores evolucionaba y se transformaba, dando lugar a casas más abiertas, con bonitas fachadas al estilo europeo que este rey flamenco propiciaba. Era pues normal que en algunas calles vacilara, pero enseguida se orientaba y reanudaban el camino. De pronto, Albino dijo:

–Pues no me estaré quedando ciego que hasta parece que tenga visiones...

–¿Visiones?

–Sí, visiones. Juraría que he visto a Escudero.

Mirena ahogó una exclamación. Fapo miró allí donde Albino señalaba, buscando a Escudero con los ojos, pero por más empeño que puso no vio a nadie que se pareciera a él.

–Imposible –sentenció rotundamente–. Imposible del todo. De habernos cruzado con esa culebra me habría reconocido y abordado; para agredirme o robarme, por supuesto, él sabrá cómo, ya no desestimo sus muchos recursos. E incluso a ti también te habría reconocido, que ya vuelves a tener tu aspecto de siempre.

Y no se prestó más atención al asunto, pues que Escudero estuviera en Sevilla parecía tan improbable como que Albino obtuviera su licencia.

Continuaron caminando mientras poco a poco eran engullidos por la ciudad y por la noche.

A la mañana siguiente Fapo dijo a los chicos:

–Durante la noche he pensado mucho en tu problema, Albino, y vamos a intentar solucionarlo. De momento voy a salir. Estaré ausente todo el día; no me esperéis hasta el anochecer.

Desayunaban cómodamente instalados en una posada pequeña, modesta y limpia. Se habían bañado en condiciones y habían jabonado sus cabellos. Se habían peinado y como Albino y Mirena no lo hacían desde que comenzó la huida, estaban irreconocibles, aseados y frescos, como juncos en un cañaveral, y tremendamente guapos.

–¿Y qué piensas hacer? –preguntó Mirena masticando.

–Al igual que en Toledo, tengo amistades aquí. Recuerda que aquí he pasado parte de mi infancia –tras un breve silencio, añadió–: Y al igual que en Toledo, voy a tratar de utilizarlas.

–Si podemos ayudar en algo... –se ofreció Albino como parte sumamente interesada en el proyecto.

Pero no; Fapo dijo que no era necesario, se las arreglaría solo. De modo que, una vez concluido el desayuno, salió.

Llevaba su nuevo sayo adquirido en Ciudad Real cerrado hasta el cuello con total compostura, y en la calle, el abrasante calor le golpeó con fuerza, pero no se desabotonó. Comenzó a caminar con paso decidido. Tenía varias ideas trazadas para intentar obtener la licencia de Albino y resolvió poner en práctica la primera. Consistía en acudir a las mansiones y palacetes donde su padre prestó servicios como cómico, en busca de una recomendación. Probablemente se acordarían del chiquitín que siempre le acompañaba y que daba volteretas, o recitaba con inmensa gracia, o arrancaba notas, para regocijo de los espectadores, de un simple y agudo flautín.

Claro que, ahora, estaba muy cambiado.

Recorrió una a una las citadas casas. No eran muchas. En algunas Fapo recordaba haber vivido incluso cortas temporadas por expreso deseo de sus dueños. Pero de nada le sirvieron los contactos porque o bien los moradores ya no eran los mismos, o bien no le reconocieron, o aun reconociéndole no pudieron ayudarle. Así que Fapo solo consiguió ir almacenando rechazos.

–Únicamente el presidente de la Casa o alguno de sus jueces o factores puede otorgar licencias –le dijeron–, nadie más. Y de nada sirven las recomendaciones.

La ley, por lo visto, era inflexible.

Algo desanimado Fapo decidió poner en práctica su idea número dos: los sobornos. No sería la primera vez que recurría a ellos y desde luego tampoco la última tal y como funcionaba el mundo aunque, para su tranquilidad, ahora poseía dinero y no tendría, como le sucedió en Valladolid, que desprenderse de algo tan necesario como la ropa.

Se dirigió nuevamente a la Casa de Contratación. Cada vez hacía más calor y chorretones de sudor apelmazaban su cabello. Al pasar por el mercado al aire libre instalado junto a la Iglesia Mayor, en las gradas de mármol que la rodeaban, Fapo sintió una sed tan intensa que se acercó a un tenderete de bebidas y pidió un azumbre[6] de agua. Gene-

6. Medida de capacidad para líquidos que equivale a unos dos litros.

rosa ración, se dijo, aunque necesaria, tal era la magnitud de su sed. Pero apenas se había mojado los labios cuando unos ojos fatigados y cavernosos se cruzaron con los suyos. Pertenecían a un rostro redondo y moreno que lo miraba con expresión de profundo desfallecimiento. Tenía el torso desnudo y las manos amarradas con grilletes. Era un esclavo de los muchos que en aquel momento se subastaban allí, bajo el calor sevillano que se adhería a la piel como una lengua de fuego, y debido a la confusión y a la aglomeración reinantes Fapo pudo aproximarse y darle a beber agua de su azumbre. A él y a otros como él, todos esclavos, salvajes indígenas traídos de Indias, según el decir de las gentes, que estaban expuestos como mercancías para ser comprados. Cuando hubo vaciado con ellos el agua de su azumbre, solo entonces, reanudó su camino hacia el Alcázar.

La Casa bullía de actividad y ajetreo, era un hormiguero humano. Fapo observó unos instantes el abigarrado y dispar grupo de gente que allí se congregaba: individuos con oficio, necesarios en cualquier flota, se mezclaban con aventureros de afanes colonizadores, proscritos que huían de la justicia, clérigos que acudían en misión evangelizadora, políticos que aspiraban a algún cargo en los recién establecidos virreinatos indianos... Atendiendo a unos y a otros, los funcionarios dentro de sus rígidas indumentarias trataban de mantener el orden en una sala caótica.

Fapo entonces exhaló un suspiro y se revolvió sudoroso dentro de su sayo. El calor era de mil demonios y aguardar su turno podía llevarle horas. Además nada le garantizaba que, tras la espera, consiguiera hablar con un juez o con un factor. Y aun en el caso de conseguirlo, ¿quién le aseguraba que el hombre fuera sobornable? Y aunque lo fuera, ¿sería suficiente el dinero que Fapo pretendía dedicar a ello? Pensó de pronto que el soborno costaría mucho, tal vez más de lo que él estaba dispuesto a pagar, tal vez más de lo que Albino valía.

Súbitamente algo le hizo volverse, un presentimiento, una sensación quizás y el rostro anguloso de fina barba recortada de Escudero se le representó con total claridad. Pero al girarse y buscarlo con los ojos, no pudo encontrarlo tampoco esta vez, por más que inspeccionara minuciosamente entre la muchedumbre, mientras con ambas manos se aflojaba el cuello abotonado de su sayo, que ahora no solo le apretaba, le asfixiaba.

De su boca se escapó una maldición.

–Muchacho impresionable y supersticioso –musitó proyectando en Albino su malestar–. Va a conseguir contagiarme sus tonterías y a este paso acabaremos viendo a Escudero en todas partes.

Entre unas cosas y otras se hacía difícil permanecer allí, por eso, momentos después estaba fuera, caminando junto al río. Recorrió la franja portuaria del Arenal por la orilla, llegando hasta el puente de Barcas, un viejo pontón de almadías amarradas que flotaba sobre las aguas y que unía Sevilla con Triana. Lo cruzó; iba a llevar a cabo su idea número tres.

De manera simultánea, a muchas leguas de distancia, Melusiana recibía una noticia que la estaba dejando estupefacta. Sentada en el banco corrido del zaguán de la casa de postas de Valladolid y frente a un jarro de vino bien fresco, su buena amiga Leona le mostraba un correo que acababa de recibir no haría ni dos días procedente de Córdoba, y que Dimas, hombre medianamente alfabetizado, había conseguido leer. En él Fapo comunicaba la condena y posible muerte de Melusiana.

–Y ahora, al verte aquí... –dijo Leona también conmocionada, a la vez que aliviada y feliz en exceso por el error de la noticia.

–Muerta y bien muerta podía estar, no te quepa duda, pero el padre de La Nena me salvó. ¡Ah, bendito hombre!

–Sin embargo, ¿cómo pudieron ellos enterarse de tu suerte? –preguntó Leona extrañada

–No lo sé, pero tampoco importa. Ahora solo una cosa me preocupa: La Nena no me espera en Cádiz; se van a las Indias, Leona, a las Indias y temo que hayan partido ya. Si es así ¿cómo voy a encontrarla tan lejos y en un lugar tan grande? Y si no la encuentro, ¿cómo voy a soportar vivir sin ella?

Melusiana se lamentó así durante un buen rato. Ya era mala suerte tanto desencuentro, ahora que conseguía escapar, era la niña quien involuntariamente la abandonaba. Dimas intervino.

–Si nos damos prisa es posible que consigas llegar a Sevilla a tiempo. Veamos: el correo que te acabo de leer tiene fecha de hace dos semanas, pero viene desde Córdoba. Teniendo en cuenta que ellos habrán tenido que viajar de Córdoba a Sevilla, a pie seguramente; que habrán tenido que buscar y comprar pasaje de embarque (suponiendo que lo hayan conseguido), y que el barco habrá tenido que reunir una flota para zarpar, pueden estar allí todavía, e incluso permanecer en Sevilla algunos días más.

Los rostros lívidos de Melusiana y Leona lo observaban. Él dijo además:

–¿Sabes montar?

–¿Montar?

–Montar, cabalgar. Cogerás a *Robusta*, nuestra mejor yegua. Si le das de vez en cuando unas pocas horas de tregua, resistirá hasta Sevilla, no tendrás que detenerte a cambiarla por otra. No vayas por la ruta principal, olvídate de Toledo y de Córdoba. Si tomas la cañada que atraviesa las montañas centrales, cabalgando por Extremadura, Sevilla queda más cerca. Llevarás un plano confeccionado por mí, con el que podrás orientarte sin problema. En Sevilla dejas a *Robusta* en la casa de postas de Bernardo Bermejo con una nota de mi parte, somos grandes amigos. Es la única manera de intentar que llegues a tiempo. ¿Te interesa?

A Melusiana le temblaban los labios. Sonrió, emocionada ante tales muestras de afecto.

–Nada más podemos hacer por ti –añadió Dimas para finalizar–. En Sevilla tendrás que buscar a los chicos por tu cuenta.

Capítulo 19.º

Si Sevilla sofocaba, Triana ardía; cosa natural dado que era pleno verano. Aquí y allá un sinnúmero de trianeros asaba pescado recién capturado en hogueras esparcidas por las calles impregnando el ambiente del olor característico. Las casas eran ocres y bajas, el trazado estrecho y sinuoso y el suelo almacenaba restos enfangados de la última crecida del Guadalquivir, lodos que nunca llegaban a desaparecer del todo, formando parte del paisaje definitivo de Triana.

Las mujeres peinadas con sencillos moños enrollados en la nuca lavaban en el río, los mandilones arremangados y las manos encallecidas, mientras los hombres, la mayoría marineros, bebían licor a las puertas de las tabernas sentados en sillas de anea.

Fapo constató con placer que todo continuaba más o menos igual, tal y como él lo había dejado.

Entre la gente que transitaba Triana caminaba ahora Fapo, como uno más, sin advertir las miradas que su extraño aspecto provocaba. Se preguntaba si encontraría algún marinero dispuesto a esconder a Albino en su barco como polizón y, de encontrarlo, cuánto podría costarle. Descartado ya definitivamente el asunto de la licencia, esconder al chico se presentaba como la única posibilidad de viajar a las Indias que les quedaba. Preguntando a unos y a otros, buscando e indagando llegó hasta una calle sórdida y apartada, sucia de despojos y muy embarrada, poblada de mancebías y de tabernas de dudosa reputación, una calle que él no conocía, porque a la edad que tenía cuando vivió allí, no era adecuado frecuentar esos lugares. Debía encontrar a un tal Ponce Pacheco, marinero, al que todos llamaban el tuerto, seguramente porque lo era.

Ojos oscuros desde rostros ennegrecidos por barbas pobladas le observaron mientras manos enormes y sucias sostenían vasos de cerveza barata o enredaban con puñales afilados. Fapo, desarmado y sin ninguna experiencia pendenciera, tembló levemente. Las rameras salían de sus garitos y le pedían monedas a cambio de besos. Algunas eran hermosas, o lo habían sido pero él, con educación impropia para la circunstancia, las rehusó.

Dar con Ponce Pacheco, el tuerto, no fue difícil. Su enorme corpulencia descansaba a la sombra, en el exterior de una casa tan vieja y sucia como su ropa. Tenía barba corta, roja como el azafrán, cejas rubias y espesas, y un parche en uno de sus ojos, el otro era claro y frío como el acero. Una cicatriz de a palmo cruzaba su rostro sesgándole la nariz. El cabello le había crecido tanto que lo llevaba sujeto por detrás con un trozo de cuerda. Parecía más un filibustero normando que un marinero español. Fapo se plantó ante él y durante un rato se miraron fijamente. Luego Fapo mostró la bolsa cerrada que ocultaba sus monedas y con un movimiento suave la agitó.

–¿Cuánto por un polizón a las Indias? –preguntó.

El único ojo del tuerto se posó en la bolsa.

–Cien reales de plata y la promesa de no dar mi nombre ni bajo tortura.

Tenía la voz áspera, como si llevara viruta en la garganta. Sin apartar la vista de Fapo sacó un puñal de debajo de su ropa y lo acarició sonriendo a la manera de los negociadores turbios que quieren intimidar con un escueto gesto de la cara. Fapo se mantuvo erguido, sereno. Era tan alto desde su posición que aun el gigante que era el tuerto quedaba empequeñecido.

–¿Cuándo será?

El tuerto permaneció quieto en su silla, sin retirar los ojos de los de Fapo. Parecía que nunca iba a contestar. Dijo al fin:

–Dentro de un par de semanas o tres, parte una flota para las Indias. Es la última en salir este año. Como flota, dudo que salga otra hasta la próxima primavera. Un día antes el polizón ocupará su puesto en una de las naves, solo un día antes, cuando la flota haya pasado la revisión de la Casa. Deberá permanecer oculto todos los días que dure la navegación. La limpieza del escondite y el suministro de comida estarán a cargo de dos tripulantes que conocerán la situación; nadie más lo sabrá. Con ellos deberéis tratar a partir de ahora. Acudid hoy al muelle pasada la medianoche y los conoceréis.

Y alargó la mano para tomar la bolsa de monedas que basculaba en el aire, pero Fapo, extraordinariamente rápido, la retiró.

–Cuando se halle el polizón oculto cobraréis. Vos, o vuestros emisarios.

Tenía la intuición suficiente para saber que esos marineros eran mentirosos en su mayoría y de muy poco fiar. El tuerto frunció el ceño y levantó amenazante su gigante cuerpo de la silla hasta ponerlo a la altura del de Fapo. Medía tanto como él y por un intervalo de tiempo que se hizo interminable sus alientos se juntaron. El puñal centelleaba enhiesto, pero Fapo no se movió. También conocía que el carácter agresivo de muchos de ellos era utilizado en un principio sobre todo para amedrentar. Sin embargo tuvo que disimular el temblor leve de su voz cuando preguntó cómo reconocería a los dos marineros implicados.

El tuerto desvió finalmente el ojo claro, recuperó el movimiento, bajó el puñal.

–Ellos os conocerán, maldita sea. Esta noche en el muelle os abordarán. Deberéis darles la contraseña: «setenta y cinco arrobas», no la olvidéis. Con ellos ultimaréis todo lo referente al viaje.

El tuerto dio la espalda, su tremenda espalda, y comenzó a caminar hacia el interior de cualquier taberna o mancebía. Pero no había andado dos pasos aún, cuando girando sobre sí y blandiendo el cuchillo por su empuñadura clavó de nuevo su ojo frío en Fapo.

–Os lo recuerdo, mi nombre no debe aparecer bajo ningún concepto. Y esto es mucho más que una amenaza.

La tarde crecía, inundaba Triana. Abandonando la ciénaga infecta que era esa calle, Fapo marchó hacia el puente, hacia Sevilla, conteniendo la bolsa y la ansiedad. Iría donde los chicos y los pondría al corriente de la determinación que había tomado. Cabía la posibilidad de que Albino no aceptara viajar como polizón, pues era de imaginar que las condiciones serían duras y el muchacho no estaba últimamente muy fuerte. Pero:

–¿De polizón? –dijo al enterarse–. ¡Estupendo! Ya creí que os marcharíais y yo me quedaría en tierra.

Luego, por la noche, Fapo acudió al muelle. La oscuridad era casi total y la calma reinaba en aquel lugar tan lleno a otras horas de estibadores, marineros y público en general. Solo algún individuo de fiabilidad cuestionable se dejaba ver de cuando en cuando, y también mendigos solitarios que rebuscaban entre depósitos amontonados de limo y basura. Fapo se repetía una y otra vez la contraseña: setenta y cinco arrobas, setenta y cinco arrobas, porque aun sin ser complicada, tenía miedo de olvidarla. Dos hombres surgieron de la oscuridad y le abordaron. Dicha la contraseña todo sucedió deprisa y aquellos dos hombres establecieron las condiciones del pacto: Albino debería presentarse tal día a tal hora en un punto concreto del Arenal. Solo, sin molesta compañía o escolta adicional, y ellos mismos se encargarían de esconderlo en la *San Ildefonso,* que era la carabela de la flota en la que estaban contratados como parte de la tripulación. Después Fapo debía buscar nuevamente al tuerto, en Triana, y pagarle los cien reales de plata del polizón, bajo amenaza de arrojar por la borda en alta mar al muchacho si antes de zarpar no se cumplía el pago convenido.

De esa forma quedó zanjado el asunto de Albino. Al día siguiente Fapo y Mirena acudieron nuevamente a la Casa de Contratación y tras esperar como era costumbre largo rato su turno, solicitaron dos pasajes de embarque para la *San Ildefonso,* cosa que con dinero y sus acreditaciones consiguieron sin dificultad.

–Bien, todo solucionado –dijo Fapo extendiendo los brazos y mostrando la mayor de sus sonrisas–. ¡Despertad Indias, que allá vamos!

Melusiana, por su parte, había abandonado Valladolid de inmediato. Cabalgando sobre *Robusta* y con una alforja llena de alimentos, no se detenía apenas ni a dormir. Iba cegada, precipitada, como loca; solo quería avanzar, llegar a Sevilla antes de que fuera demasiado tarde. De esa manera dejó Valladolid por una de sus cañadas, bordeó Ávila sin atravesar su muralla, rehuyendo aduaneros y portaleros, sorteó la sierra de Gata y traspasó la de Gredos, cuyos peñascos graníticos la escondieron y protegieron. Cruzó el río Tajo por un puente de piedra y sin detenerse en Cáceres y dejando a un lado Badajoz, cabalgó por las estribaciones de Sierra Morena hasta que siguiendo el curso de uno cualquiera de los muchos ríos que desembocan en el Guadalquivir, llegó finalmente a Sevilla, exhausta, quebrantada y casi enferma, un día de agosto de ígneo y asfixiante calor.

Mas no se paró a descansar. Buscó a Bernardo Bermejo y le entregó la yegua. Melusiana acarició el lomo y rascó el hocico de la dócil *Robusta* que tan rápida y obedientemente la había llevado a su destino. Sin recrearse en la belleza de Sevilla, sin deleitarse con sus viejos monumentos califales y almohades buscó la Casa de Contratación y, una vez en ella, abriéndose paso entre la gente consiguió después de esperar mucho rato que un funcionario la atendiera.

Su voz era apenas un resuello cuando dijo:

–Estoy buscando a unas personas, un joven, una niña y un muchacho. El joven se llama Fausto Polonio Cornelio, la niña Mir.., María de Osxagavia, el muchacho... no sé el nombre del muchacho, pero es fácil de reconocer. Es blanco como la cal, aquí decís albino.

–¿Y bien? –preguntó el funcionario mirándola por encima de sus anteojos.

–Tengo entendido que piensan partir a las Indias. En ese caso sus nombres tienen que estar registrados.

El funcionario se levantó de su silla y se dirigió al fondo de la sala. Allí papeleó un rato entre documentos y legajos.

–Sí, aquí figuran –dijo al regresar sujetando un pliego en la mano –Fausto Polonio Cornelio, de Granada, y María de Osxa... ¿pero cómo diablos se pronuncia esto?

Melusiana ardía de excitación; frenéticamente se mordía los labios.

–¡Oh, sí, sí, son ellos! ¿Dónde puedo encontrarlos?

–Pero del otro chico nada puedo deciros –prosiguió el funcionario desatento a tales muestras de ansiedad– si no me dais más datos.

–Los otros –apremió Melusiana–. ¿Puedo de alguna forma localizarlos?

–Sí, claro, aquí lo dice: «Pasaje con licencia para la *San Ildefonso*».

El corazón de Melusiana, desbocado, palpitaba. Sus latidos se hacían sentir como truenos y ella, casi sin aliento por la impresión y próxima al desfallecimiento, temblaba.

–¿La *San Ildefonso*?

–Sí, sí, habéis oído bien. Es la carabela mejor de la flota, han tenido suerte.

El funcionario movía la cabeza en dirección al demandante siguiente. Poco le faltó para retirar con su mano a Melusiana.

–¿Y dónde está esa carabela? ¿Dónde puedo encontrarla?

Apenas le quedaba voz, el hombre dijo que no la había oído, y Melusiana tuvo que repetir la pregunta, tratando ahora de gritar un poco más.

–¡La *San Ildefonso*! ¡Que cómo puedo llegar a ella!

–¡A buenas horas! La *San Ildefonso* ha partido ya. ¿No lo sabíais? Hace unas cuantas horas; esta mañana temprano zarpó con toda su flota, no se ha hablado estos días de otra cosa en Sevilla.

Ahora sí desplazó a Melusiana de un leve empujón. Había mucho público detrás y no podía entretenerse con una sola mujer, aunque esa mujer pareciera en su palidez repentina que iba a desvanecerse. Se ajustó los anteojos y dijo:

–¡El siguiente!

Capítulo 20.º

La llamada Expedición de Agosto con destino a Cartagena de Indias partió del puerto de Sevilla una calurosa mañana de ese mismo mes. La componían diversos barcos de diferentes tamaños: carabelas principalmente, una fragata mercante que partía vacía y volvería llena, dos alargadas galeras cuyos remos eran maniobrados por reos y esclavos, y escoltando a la flota, dos galeones de guerra con su defensiva artillería en regla: los falcones y falconetes a punto, las lombardas y culebrinas revisadas y los pulidos cañones de bronce dentro de sus troneras por si fuera necesario atacar. Disponer de escolta era lo normal e incluso lo obligado, pues solucionado en parte el problema de los piratas berberiscos, aún quedaba la amenaza de los filibusteros ingleses que, mucho más avezados que los norteafricanos y turcos que operaban en aguas y costas cercanas, surcaban la inmensidad del océano llevando a cabo acciones sanguinarias e imponiendo su vandálica ley.

Fapo y Mirena viajaban como pasajeros en la *San Ildefonso*, y también lo hacía Albino, oculto como polizón en un desconocido rincón de la nave.

Era la *San Ildefonso* una carabela grande y moderna, la mayor de todas las de la flota. Su novedoso casco redondo de sesenta codos de eslora por diez de manga podía desplazar casi doscientas toneladas de peso y albergar más de cincuenta personas, distribuidas en este caso entre la tripulación y el pasaje. Tenía tres mástiles, dos de ellos con cofas, velamen cuadrado en palo mayor y de trinquete, vela latina en mesana y castillo en proa y popa.

Desde la cubierta y poco después de zarpar, a la vez que corpulentos marineros en número de cuatro recogían el cabo de ancla haciendo girar trabajosamente el cabrestante, Fapo y Mirena observaban con aire melancólico la ciudad que se alejaba y se preguntaban si aquella sería la despedida final. El agua del río se quebraba con el embiste de la quilla que la abría en dos. A su paso la popa dibujaba una estela de espuma blanca.

Mirena suspiraba; sabía que, quedando Melusiana muerta en suelo castellano, una parte de sí misma quedaría allí con ella para siempre.

–Quizás regreses algún día –dijo Fapo percibiendo el dolor que la invadía–. ¡Quién sabe! La vida da tantas vueltas...

Pero solo el silencio obtuvo por respuesta.

Mientras la *San Ildefonso* surcaba el río navegando hacia el océano, Mirena y Fapo permanecían de pie, contemplando extasiados cómo el Guadalquivir se ensanchaba, cómo su cauce abandonaba meandros sinuosos buscando en su desembocadura el abrazo con el mar.

Atravesaban ahora la zona marismeña que surgía a ambos lados del río, humedal pantanoso, delta de arena y sedimento que en un tiempo lejano, se decía, estuvo ocupado por el mar. Eran ya tierras de Cádiz, tierras del sur que Mirena y Melusiana, a pesar de tantos planes concebidos, jamás disfrutarían.

Un grumete cantó la hora. Pronto desplegarían las velas que se hincharían con la fuerza del viento. Se escucharon gritos marineros ordenando las faenas y los pasajeros comenzaron a buscar acomodo en cualquier lugar de cubierta desde donde tratarían de pasar las horas, los días, las semanas, de la mejor manera posible.

Sin dejar de contemplar las tierras que se alejaban, Fapo y Mirena se reclinaron sobre la baranda del alcázar de popa. Como distracción, Fapo recurrió a su extenso repertorio de romances.

–Vete de mis tierras, Cid,
mal caballero probado
y no vengas más a ellas
desde este día en un año.
–Pláceme, dijo el buen Cid,
pláceme, dijo de grado,
tú me destierras por uno,
yo me destierro por cuatro.

Recitaba para Mirena, pero al poco rato tenía un nutrido grupo de espectadores escuchándole.

«Buena oportunidad para retar a esta gente a un trile», se dijo retomando sus instintos más tramposos. Pero los tres cubiletes de trile habían sucumbido en el incendio de Toledo y además en la *San Ildefonso,* como en cualquier otro barco, estaban prohibidos los juegos de azar. Sería más acertado continuar con los romances.

Don Rodrigo de Vivar
está con doña Jimena
de su destierro tratando
que sin culpa le destierran.

Por entre la aglomeración de cuerpos extendidos en el barco caminaba un hombre que los esquivaba. Su paso trataba de ser ligero, su gesto adusto, su mirada se clavaba en Fapo.

–¿Fausto Polonio? –preguntó el hombre deteniéndose ante él–. ¿Sois vos Fausto Polonio?

–Yo soy –respondió Fapo incorporándose.

–Pues acompáñeme vuestra merced –dijo tajante–. Y sin demora.

El semblante de Fapo se tornó lívido; aquello sonaba a problemas. Cierto es que su situación y la de Mirena eran de total transparencia, completamente legales. Tenían su permiso expedido por la Casa, y los pasajes adquiridos previo pago de una suma moderada descansaban en su alforja. Pero estaba el turbio asunto de Albino, a todas luces mucho menos transparente.

–¿Puedo saber quién lo ordena? –preguntó con un toque de arrogancia.

–El capitán –fue la respuesta–. Lo ordena mi capitán.

–En ese caso... cuando queráis.

Fapo se dispuso a seguir al hombre que así lo requería, Mirena le esperaría allí. Estaba perpleja y asustada.

Antes de descender a la cubierta baja, el hombre dirigió órdenes al timonel, que en ese momento palanqueaba con destreza la caña que movía el timón. Fapo pensó entonces que descartado el puesto de maestre del barco, aquel sujeto solo podía ser el segundo o tercero de a bordo, el contramaestre. «Mal asunto –se dijo–, demasiado cargo para tratarse de cosa trivial», y con el dorso de la mano se secó el sudor que le brotaba en la frente. Bajo la vela de mesana varios hombres faenaban con los aparejos. También sudaban, y es que el calor era en verdad de justicia. Al observarlos, Fapo reconoció a uno de los dos marineros confabulados con él en lo de Albino y quiso llamar con disimulo su atención porque de alguna manera necesitaba que alguien próximo a él advirtiera su nueva realidad, previsiblemente apurada. Pero el marinero le lanzó una mirada fugaz y recorrió con el dedo índice su cuello de lado a lado con perversa lentitud a la vez que recogía jarcias, y Fapo captó de inmediato que si se iba de la lengua, la amenaza de ser pasado a cuchillo era para él.

Ante la eficaz advertencia, desvió la vista del marinero y siguió al contramaestre por el barco. Tal vez el capitán le mandaba llamar para cualquier cosa sin importancia, pensó para darse ánimos.

Atravesando el navío, bajo el castillo de proa, dieron con un pasillo corto y angosto rematado por estrechas escaleras. Al final de ellas había una puerta barnizada y tras abrirla después de haber pedido permiso se encontraron en la cámara del capitán.

Era éste un lugar mínimo, sin ventana, aunque aceptablemente ventilado al hallarse situado por encima de la línea de flotación. La litera clásica de camarote, una mesa con su silla y un pequeño baúl llenaban la estancia por completo. La mesa presentaba un desorden controlado y el capitán parecía manejarse con comodidad en medio de cartas marinas, mapas, pergaminos y útiles de navegación.

El capitán era un hombre pequeño y delgado. Sus ojos diminutos miraban a través de unos anteojos. Su indumentaria era la tradicional de un oficial de marina, opulenta en gran medida, moderadamente selecta, pero bastante descuidada, debido a que en las largas travesías náuticas raro era que viajara mujer alguna que se la reparara. Le quedaba muy holgada y los puños del jubón bailaban desgastados rodeando sus muñecas.

El contramaestre se despidió sin haber traspasado el umbral y el capitán hizo pasar a Fapo, que ya desde el dintel tuvo que encogerse debido a su altura. Con la espalda ligeramente encorvada esperó a que hablara el capitán, que en atención a él se había puesto en pie y se había quitado los anteojos.

–Vos diréis...

–Me consta –comenzó el capitán sin tomar asiento– que hay en esta nave un polizón oculto.

La lanza directa a la llaga. Fapo, que en realidad no esperaba menos, mantuvo los labios pegados.

–Y me consta asimismo que vos tenéis algo que ver.

Ahora inspiró, meditando la defensa. No deseaba precipitarse.

–De ningún modo pretendo acusaros sin un motivo real, Dios no lo quiera –prosiguió el capitán–, pero sabed que he recibido una denuncia.

–¿Una denuncia? –dijo Fapo repentinamente descolocado.

–Sí, así puede decirse. Pero me ha llegado tarde, justo antes de zarpar, y no he podido retrasar la salida. Haceos cargo, toda una flota esperando por un asunto menor...

–No sé de qué me habláis –repuso Fapo tan solo.

–Lo suponía –dijo el capitán–, esperaba esta respuesta, pero hay alguien que asegura que habéis pagado una suma importante por ocultar aquí, en la *San Ildefonso,* a un polizón. De ser cierta la acusación, es de conocimiento público que incurrís en un delito.

Permaneció Fapo mudo, sin saber qué partido tomar. El capitán extendió el cuerpo para aproximarse a su interlocutor.

–Un grave delito –repitió–, en el que necesariamente ha tenido que colaborar algún traidor de la tripulación. Pero deseo que seáis vos quien me digáis si es eso cierto, y si lo es, dónde se encuentra el polizón. Desde luego no estáis obligado a hablar pero sabed que daremos vuelta a la nave, oídme bien, vuelta a la nave, hasta que el furtivo aparezca, y si todo apunta a que estáis metidos en el complot, en la isla de La Gomera, donde haremos escala, desembarcaréis por la fuerza los dos, y también esa niña que os acompaña–. El capitán se sentó despaciosamente. La madera de la silla, o la del suelo, debía de estar carcomida por la humedad ya que emitió un crujido hueco. En sus labios apareció una sonrisa forzada–. Pero debéis saber que aun existiendo delito, decir algún nombre os proporcionaría cierta inmunidad... cierto privilegio... Ya me entendéis. Eso es todo, si os han ayudado debéis hacer una acusación formal, no queremos tripulantes que actúen fuera de la ley. Y ahora Fausto Polonio decidme: ¿dónde está el polizón?

–No lo sé, no sé de qué me habláis –repitió Fapo tras unos instantes de silencio.

Lo que era una verdad a medias: sabía de qué le hablaba, pero ignoraba por completo el escondite del polizón.

–En ese caso... –remató el capitán plantando las manos sobre la mesa– ateneos a las consecuencias.

Y sin perder los modales, invitó a Fapo a abandonar la estancia.

Mientras Fapo se dirigía al encuentro de Mirena pensaba con preocupación cómo encajaría la niña este nuevo revés que amenazaba con impedir, como tantos otros, que la huida culminara y calculaba además cómo saldrían de él, a ser posible indemnes.

Una denuncia... Eso resultaba inaudito por la discreción con que se pactó el trato, necesaria para todos los implicados por igual. Era obvia entonces la presencia de un espía diestro en la materia, cauto y experto en sortear obstáculos, que se había inmiscuido en la intimidad de sus proyectos con el sigilo sibilino de una corrosiva enfermedad. Por eso, un sinfín de preguntas bullían en su cabeza, algunas escuetas y evidentes: ¿quién era el espía?, ¿cómo consiguió espiarlos?, ¿por qué lo había hecho?. Y otras menos escuetas, más complicadas y cuyas respuestas aún no había madurado: ¿debía reconocer su participación en el asunto y poner en peligro la seguridad de Mirena, amén de la suya propia? ¿Debía, para salvaguardarla ante el capitán, denunciar al tuerto y a los dos marineros? ¿Debía por el contrario negarlo todo, su amistad con Albino incluida?

–Negar al muchacho... –susurró con una amarga sonrisa y sin darse cuenta de que hablaba en voz alta–, como Pedro negó a Cristo. Pobre diablo, tanto le tiene que dar una cosa como otra, el rapaz tiene los días contados en la *San Ildefonso.*

No era ética la idea, hubo de reconocer, ni aceptable; se trataba en realidad de un recurso de subsistencia.

Los navíos de la expedición alcanzaban el océano. Desde la población de Sanlúcar las mujeres y los chiquillos despedían a la flota saludando con la mano. Los pasajeros saludaban también. Era el último lugar de tierra que verían hasta La Gomera, puerto y playa donde el río decía definitivamente adiós. Las casitas marineras de Sanlúcar se agrupaban y empequeñecían quedando atrás desvanecidas, como en una pintura mural. Pero algo sucedió de pronto, un hecho fortuito, un incidente inesperado que cambió por completo el curso de los acontecimientos, dando estos un vuelco total, un giro de ciento ochenta grados.

Fue un grito lo primero que alertó a los viajeros de la *San Ildefonso,* un grito potente y humano, pues desde la cofa del palo mayor un joven grumete daba la voz de alarma.

–¡Embarrancado en la Barra! ¡A babor! ¡El *Gladiador* ha embarrancado!

A lo que el consabido tropel de curiosos, Fapo y Mirena entre ellos, respondió aproximándose a la baranda de babor para ver de cerca el accidente. Y qué accidente. Todos se inclinaban sobre la balaustrada, nadie quería perderse el espectáculo de ver el soberbio galeón *Gladiador* embarrancado en la Barra, ese arrecife sedimentario y de aluvión que abrazaba la costa de Sanlúcar a dos o tres millas de distancia, a modo de barrera maldita y arenosa. Lugar peligroso era la Barra, donde muchos bajeles se atascaban y hundían por la poca profundidad del arrecife que surgía de repente en aguas más profundas. Por ello, un gran repertorio de historias de pecios y tesoros perdidos en ese fondo marino circulaba de boca en boca en las tediosas y largas jornadas de navegación. Superada la Barra, aparecía definitivamente el gran océano, el hondo mar, y aunque generalmente los que varaban eran siempre los navíos que regresaban de las Indias con sus bodegas repletas (rara vez los que partían), no por ello el accidente de ahora resultaba extraño o aislado, y el hecho, aunque catastrófico, quedaba consumado: el *Gladiador* estaba embarrancado, el piloto no había sido capaz de sortear la Barra.

–Demasiado calado –juzgó alguien meneando la cabeza.

–Si no imitaran en su construcción a esos ostentosos galeones ingleses... –apoyó otro pasajero.

Y tenía razón. Era el buque de mayor tamaño y tonelaje, el más guarnecido y ornamentado, que hasta un impresionante mascarón exhibía en su proa. El resto de la flota recogía velas apresuradamente y echaba anclas en disposición de ayuda y espera, pues la expedición había partido unida de Sevilla y unida debía llegar a su destino. Antes de que el *Gladiador* se escorara sin remedio y se hundiera, entre el otro galeón y la fragata intentarían liberarlo y remolcarlo.

Pasó mucho rato, horas tal vez, que con el revuelo el grumete se olvidaba de cantar y durante las cuales Fapo y Mirena abordaron ampliamente la conversación mantenida con el capitán y todo lo que de negativo y funesto para sus planes conllevaba. Mientras hablaban, contemplaban el despliegue de cabos lanzados al *Gladiador* para su auxilio, con gran incertidumbre sobre su futuro y no sabiendo a ciencia cierta qué resolución adoptar.

Fapo dijo, perdida la mirada en algún punto del galeón:

–He pensado...

Mirena volvió el rostro hacia él.

–He pensado... Me pregunto qué diantre de favor hacemos a Albino dando la cara por él.

Los ojos de Mirena se agrandaron.

–¡Fapo!

–Porque digo yo: si el chico tiene que dejar el barco, lo hará con nosotros o sin nosotros, y si por inculparnos hiciéramos baza y lográramos algún beneficio para él, huelga decir que estaría justificado...

–Pero... Fapo...

–... Mas débote advertir que no por pecar de necios y confiados el chico recibirá laureles y bendiciones, muy al contrario, todos saldremos malparados cuando en realidad no es necesario. Nada le ahorraremos a Albino con declararnos implicados. ¿Lo oyes? Nada.

–Sí pero tú dijiste... –titubeó Mirena–, dijiste que juntos los tres...

Concentrado en su postura, él daba la impresión de no haberla oído.

–Esta, Mirena, no es nuestra guerra. Ya sabes, quiere Dios que a cada puerco le venga su San Martín, y ni tú ni yo somos responsables. ¿Te imaginas el escarnio de ser detenidos y expulsados? ¿Y el castigo? ¿Qué supones que suele hacerse en estos casos? Pues bien, lo he pensado detenidamente y trataré por todos los medios de que nosotros no pasemos esa afrenta.

Fapo prosiguió así un rato más, insistiendo en su labor de persuasión, mientras el *Gladiador* se escoraba a pesar de los esfuerzos colectivos.

–Y luego está lo de los marineros –insistía–, tan malo es denunciarlos como no, a fe mía. Si callamos los nombres, malo; si no los callamos... Si no los callamos me encomiendo a Dios. –Se persignó mecánicamente–. En los dos casos pagaremos un alto precio. ¡Plega al cielo! Temo a esos dos matones más que a una legión de soldadesca enemiga. Y al tuerto no digamos, todos parecen tener el acero muy suelto.

Se oía un cierto alboroto que procedía de la bodega, pasos apresurados, corrimiento de bultos, un perro ladrando. Mirena lo percibía; Fapo, ensimismado en su discurso, no.

–Por eso creo que negar a Albino es lo más adecuado. Oh, no me mires así, ¡pardiez! ¿Cómo voy a cuidar de ti si soy expulsado, arrestado o... o destripado?

Tampoco reparó en el capitán y el contramaestre, que se aproximaban a él, hasta que los tuvo a un palmo de distancia. Al verlos, calló de súbito y evaluó la expresión de sus caras: no parecían contentos.

–Acompañadnos –ordenó el contramaestre–, acompañadnos de nuevo.

Cogió a Mirena de la mano. Esta vez no la dejaría sola, a merced de aquella hueste alborotada y curiosa que poblaba el barco. Donde quiera que lo llevaran, iría ella también. Pero:

–La niña no –dijo el capitán plantando ante ella una mano firme y separativa como un muro–. Vos; solo vos.

Fapo siguió a los dos hombres a través de la cubierta. Iba en apariencia sereno. No abandonó su petulancia, pero volvía el rostro a menudo hacia Mirena que lo miraba alejarse, nuevamente abandonada. Por unas escaleras muy estrechas y muy angostas, más que las que llevaban a la cámara del capitán, descendieron hasta un nivel muy bajo donde los ruidos de arriba se perdían engullidos por un extraño eco y, en cambio, se escuchaba con claridad el murmullo del agua lamiendo con sus vaivenes el maderamen del casco. Sin ventilación de ningún tipo y completamente a oscuras el ambiente era espeso y opresivo. El contramaestre encendió tres velas y dio una a cada uno de sus acompañantes. La luz que surgió de ellas produjo sombras espectrales. Por una abertura baja y sin puerta descendieron aún dos escalones más penetrando así en un departamento de techo tan bajo que ni encorvando la espalda se libraban de rozar. Era la bodega inferior y Fapo sintió repentinamente una humedad tibia en los pies. Al alumbrar el suelo con su luz, descubrió el buen charco de agua que se filtraba a través de las varengas de madera y que el esmerado calafeteado no lograba evitar. Se adhería a la piel y la empapaba, recalentada y viscosa. Demasiado tiempo retenida, supuso Fapo, en esta hedionda bodega, en un agosto tórrido y asfixiante como pocos.

–Por aquí –ordenó el capitán arrastrándose en equilibrio sobre cajas y barriles para no mojarse.

Apareció un nuevo escalón, esta vez de sujeción dudosa. Más abajo aún. ¿Habría algún nivel más bajo? Un rugido claro, sincronizado y monótono parecía proceder del choque del agua en el casco. ¿O no? El capitán y el contramaestre no descendieron, pero obligaron a Fapo a seguir. Fapo obedeció y lo hizo arrastrándose como un reptil, pues la altura de este nuevo cubículo no daba para mucho más. La llama de la candela amenazada por la humedad y la escasez de oxígeno parpadeaba en su mano. Se encontraba en la sentina, pieza inferior de la bodega donde se depositaba el lastre. El rugido cobró más fuerza. No, no era el agua. Un mastín de fauces desmesuradas aullaba enseñando los colmillos y las babas resbaladizas le colgaban del hocico como harapos. Aterrado, Fapo retrocedió sobre sus pasos.

–¡Basta, *Sócrates*, basta! –gritó el capitán al perro, que corrió junto a su amo–. Buen trabajo –y acarició el lomo del animal. Luego levantó la voz para que Fapo le oyera–. Ahí mismo es, mirad a vuestra derecha.

Entonces Fapo acercó su vela e iluminó hacia donde el capitán le señalaba. Una exclamación quedó atrapada en su garganta, contuvo el aliento, el impacto le venció. Allí estaba Albino, acurrucado entre las piedras del lastre, aterido a pesar del calor, mojado, sucio y muy asustado. Apenas tenía espacio para moverse. Con las manos enlazadas se sujetaba las rodillas. Las moscas se le posaban en las úlceras de los ojos. Una cucaracha le subía por el rostro y en la frente, junto al pelo, se le apreciaba un mordisco reciente, posiblemente de rata. Temblaba. Miró a Fapo con sus ojos transparentes desde los que se asomaba la mayor de las desdichas.

–Revolviendo en la bodega –apuntó el capitán con ironía– *Sócrates* encontró *eso*. Decidme, ¿le conocéis? ¿Conocéis al polizón?

Hubo un silencio.

–Fausto Polonio –insistió el capitán–, volveré a formularos la pregunta: ¿conocéis al polizón?

La voz de Fapo sonó rota cuando dijo:

–Sí... le conozco.... El muchacho... el muchacho es mi amigo y está conmigo.

Capítulo 21.º

Estando anclada la *San Ildefonso* a escasas millas de la tranquila playa de Sanlúcar, sucedían todos esos acontecimientos. A bordo de la carabela no había quien no esperara algo: los tripulantes y pasajeros el desenlace del rescate del galeón; Fapo y Albino el desenlace de su propia historia.

Fueron obligados a subir. Albino estaba entumecido por las horas que había pasado inmóvil, le daban calambres y no acertaba a hablar. Vomitó. Fapo tuvo que ayudarlo cargando literalmente con él en los tramos de ascensión más complicados.

–Tranquilo, muchacho, acabas de salvar la vida –le animaba–, en esa covacha no hubieras aguantado la travesía completa.

En la cámara del capitán les informaron de los castigos que la *San Ildefonso* aplicaba a polizones y cómplices: veinte azotes al polizón y el desembarco inmediato para todos. Los dos amigos escucharon la sentencia en el más absoluto de los silencios. Fapo reflexionaba. Dijo al fin:

–Veinte azotes... ¿Y después?

–¿Después? ¿Cómo después?

–Quiero decir que si después de recibirlos recuperará su libertad el polizón.

–Así es. Será tan libre como cualquier individuo, dueño de volver a intentar la fechoría... si es que le quedan ganas.

El capitán volvió a insistir en la necesidad de la delación si hubiera marineros implicados, pero puntualizando que, en cualquier caso, solo del desembarco se librarían, ya que los veinte azotes debían ser aplicados por ley.

–No recibimos ayuda –dijo Fapo lacónico–, no hay por lo tanto nombres que dar.

Porque admitido que nada libraría a Albino del tormento físico, era más esperanzador el desembarco que enfrentarse a los matones.

–Como queráis –resolvió el capitán comprendiendo que no le arrancaría la verdad–. Procedamos al castigo.

Los subieron a cubierta. Los veinte azotes de Albino se llevarían a cabo inmediatamente, en público, para humillación suprema y escarmiento general. Albino cerró sus ojos enfermos al contacto con el sol, que hería con saña, después de tantas horas transcurridas en completa oscuridad. Al verlo aparecer así, Mirena dedujo que difícilmente volvería a abrirlos con normalidad de nuevo.

–¡La camisa! ¡Fuera la camisa! –gritó a Albino un rudo marinero que con un azote de cuerdas en la mano oficiaría de verdugo y cuya cabeza se encontraba oculta bajo una capucha.

Albino obedeció la orden. Lo hizo a tientas y cada vez que giraba o daba dos pasos se tropezaba con aparejos y caía al suelo. Un clérigo joven con una cruz en la mano salmodiaba unos responsos. Pronto tuvo Albino el cuerpo al aire y a la vista de su torso blanco, escuálido y acribillado de heridas y contusiones aún sin terminar de cicatrizar, a más de un testigo se le hizo un nudo en la garganta. Mirena se mordía la lengua y apretaba la mano de Fapo: ambos sabían bien que la delicada piel de Albino no soportaría la condena.

–Capitán –dijo entonces Fapo adelantándose–, pido indulto para el polizón.

El verdugo ya tenía levantado el azote.

–¿Qué queréis decir?

–Ofrezco mi espalda a favor de la del chico. Yo recibiré los veinte azotes en su lugar.

–Sea –dijo el capitán tras deliberar unos instantes. En el fondo tanto le daba una espalda como otra y quería acabar con ese engorroso asunto cuanto antes. Bastante problemático era ya el accidente del *Gladiador*.

De ese modo Fapo recibió los veinte azotes. ¡Chas!, bramaba el látigo cortando el aire. Su espalda ancha y recia se encogía a cada nueva sacudida y pronto se le transformó la piel llenándose de delgados ríos de sangre. Pero no se quejó, no salió un gemido de su garganta seca y el verdugo concluyó la labor entre la aprobación de algunos y la conmoción de todos.

Mirena no miraba, había vuelto el rostro. El tiempo transcurría demasiado lento entre los azotes y el corazón le dolía, le dolía de verdad, no en sentido figurado, y era un dolor penetrante, como le ocurrió cuando supo de la suerte de Melusiana. Por eso, antes de que los últimos latigazos cayeran sobre Fapo, huyó, echó a correr por la cubierta del navío, que ahora estaba desierta. Mientras corría se cubría la cara con las manos y a la vez presionaba sus oídos. No quería ver, no quería oír y sin embargo, aunque iba casi a ciegas, en algún momento sus ojos se cruzaron con los de Escudero.

Sí, Martín Escudero estaba allí, en la *San Ildefonso,* contemplando a prudente distancia y con una media sonrisa la flagelación. Su rostro pérfido no mostraba piedad y era evidente que se regocijaba con ello. Ah, solo ese hombre ruin y vengativo podía haber sido el autor de la denuncia, nadie como él estaba capacitado para proyectar tanto rencor acumulado hacia ellos. Al igual que tantas otras veces, Fapo tenía razón: el miserable no abriría una nueva puerta sin cerrar completamente la anterior. Mirena, sobrecogida, no podía apartar los ojos de los suyos; él, al verla, exhaló por sus facciones sutiles muecas de odio.

Tras los azotes que Fapo soportó con temple y valor y aprovechando el anclaje de la flota, decidieron que el desembarco se produjera sin demora. Utilizarían para ello un pequeño bote de a bordo, el cual cubriría la corta distancia que los separaba del puerto marinero de Sanlúcar.

–Y dad gracias al incidente del galeón –dijo el capitán como si de una despedida se tratase–, que de lo contrario en La Gomera morderíais tierra.

No le faltaba razón, pues había que reconocerlo, qué diablos habrían hecho ellos allí, en esa diminuta isla, por su situación más de África que de España.

Escudero, con una risa siniestra, los acechaba desde lejos. Mirena, ahora junto a sus amigos, lavaba y cubría la espalda mancillada de Fapo y guiaba a Albino a través de la noche que había en sus ojos.

–Cádiz... Mirena, Cádiz... –dijo Fapo sonriendo débilmente mientras señalaba con un dedo apagado la costa–. ¿No era aquí donde queríamos llegar?

Vibraba su voz al pronunciar esas palabras y al contacto de la ropa en las heridas, se arrugaba. Mirena aguantó una lágrima.

–Estamos juntos –musitó casi sin voz–, y vivos; solo eso importa.

Fapo la miró, profundamente conmovido.

Pero continuaban a bordo, instantes después de los azotes, cuando el *Gladiador* se escoró noventa grados completos y se supo incuestionable su hundimiento. Nunca esta circunstancia había dejado de entrar en lo probable, pero solo ahora se conocía y aseguraba el temido desenlace. Por eso, antes de irse a pique y perderse para siempre en los confines hambrientos del océano que rodeaba la Barra, fue fletada como último recurso la partida de botes salvavidas.

–¡Bote al agua! ¡Bote al agua! –se oía gritar desde cubierta.

Se armó un revuelo espantoso, en el galeón reinó el caos, nadie deseaba quedarse sin un sitio en los botes, que eran pequeños y claramente insuficientes. La desorganización colectiva y el miedo impulsaron a viajeros y tripulantes a lanzarse sin pensarlo al mar, pues era por todos temida la fuerza de succión que los atraparía durante el hundimiento.

Se escuchaban gritos de socorro, algún bote zozobraba, el número de náufragos aumentaba por momentos, así que el resto de los navíos de la flota, incluido la *San Ildefonso,* tuvo que prestar solidariamente sus botes y mandarlos de inmediato a la zona de rescate, mientras el asunto del desembarco de Fapo y los chicos quedaba postergado.

Próxima a la Barra y al galeón encallado, participando como espectadora del incidente, estaba también Melusiana. Y no era de ningún modo una casualidad que ahora presenciara el cataclismo, sino todo lo contrario. Pues aquella tarde de agosto, sin poder aceptar en la Casa de Contratación que había perdido la última oportunidad posible de reunirse con La Nena, corrió hacia el puerto de Sevilla después de tomar una drástica y apresurada determinación: recorrería todos y cada uno de los barcos amarrados, alguno por fuerza tenía que encontrarse listo para zarpar y trataría de conseguir subir a bordo. Haría todo lo que estuviera en su mano para salir tras la flota que se llevaba a La Nena y alcanzarla antes de perderla definitivamente en el océano. Sabía que no era empresa fácil, soportaría negativas y rechazos, pero no podía claudicar, era su única alternativa; trataría de cambiar su negro destino por otro más claro, verde, a poder ser, el color de la esperanza.

Por la ausencia de dinero tuvo que desarrollar ingenio. Se acogió en un principio a recursos tradicionales, negociando el precio con lo poco que poseía, solicitando ayuda a cambio de algún trabajo, pidiendo el traslado como una limosna, rogando por el amor de Dios, suplicando entre lamentos...

Tuvo que hacerlo. Parecía imposible lograr embarcarse, una batalla perdida. Tuvo que hacerlo. Si por bruja había huido, si por bruja la habían detenido, torturado y procesado, si por bruja estuvo a punto de morir y por bruja se encontraba alejada de La Nena, ahora las artes persuasivas de una bruja, el temor que inspiraba una bruja la acercarían a ella.

Y así consiguió que una pequeña y ligera embarcación que zarpaba en ese instante la admitiera a bordo. Era un velero rápido y ágil que recorrió el Guadalquivir hasta Sanlúcar como empujado por una fuerte mano invisible. Cuando franqueaban la desembocadura del río, justo entonces, se hundía el *Gladiador* y los botes de la flota rescataban a los náufragos. Melusiana se informó previamente: sí, aquella debía de ser la Expedición de Agosto a Cartagena de Indias, le respondió el piloto del velero, no podía ser otra. De modo que buscó con ojos ávidos una carabela grande, la mejor de toda la flota, tal y como le habían informado en la Casa de Contratación. A un par de millas del velero la descubrió, tenía que ser esa. Con su aguda vista de mujer observadora y su olfato prodigioso creyó incluso reconocer a La Nena que la saludaba con la mano y ni siquiera se paró a recapacitar en que por la distancia, era una percepción imposible. No se lo pensó dos veces. Con gran coraje y sin apenas valorar las consecuencias, se lanzó al agua cuando estuvo cerca del naufragio y mezclándose con el tumulto, pasó por una náufraga más. Apenas sabía nadar y su salud estaba delicada y resentida pero a sus gritos de auxilio acudió uno de los botes a socorrerla de inmediato. Una vez a salvo, entre grandes aspavientos y sollozos pidió que la llevaran a la *San Ildefonso,* pues ciertos parientes suyos navegaban allí.

–Claro, claro, señora, tranquilizaos –dijo el marinero que dirigía el bote–. No faltaba más.

Y entonces Melusiana, mansamente, sonrió. Su horizonte se aclaraba, verdeaba a medida que sentía la presencia de La Nena aproximándose.

De ese modo, al igual que en los cuentos y como si del final feliz de uno de ellos se tratara, Melusiana consiguió romper la gran distancia que la había separado de La Nena, distancia hecha de caminos solitarios, de ciudades disgregadas, de montañas abruptas como joroba de tullido, de ríos imposibles de atravesar. De océanos que prometían el adiós definitivo.

Y ahora, juntas de nuevo, parecía como si todo eso quedara en el olvido.

Salvado el primer impacto del reencuentro y tras reconocerse, Melusiana y La Nena se abrazaron. Lloraban. Permanecieron así tanto rato que parecían pegadas con pez. A intervalos se miraban, se palpaban queriendo convencerse de que era cierto que eran ellas y que estaban juntas otra vez. Lloraba La Nena en el bienestar ceñido del abrazo por todo cuanto le había sucedido desde Valladolid, por el arresto de Melusiana, por su supuesta muerte, por la enorme soledad. Lloraba por Albino, por su viaje frustrado, por Fapo que había sido injustamente golpeado, lloraba porque volvía a recuperar la infancia perdida, lloraba lágrimas atrasadas, aquellas que hubo de llorar y no lloró y habían quedado retenidas en su garganta.

–Pero... me dijeron que estabas muerta, muerta, Melusiana, yo creía que estabas muerta.

–Y lo pude estar, querida niña, pero ya ves, alguien decidió que así no sucediera.

Fapo y Albino rodeaban a las dos mujeres. De improviso ya no se sentían mal. Fapo notaba alivio en su espalda y Albino había abierto ligeramente los ojos.

–Cuéntanoslo todo, Melusiana –pidió La Nena entre hipos–; todo.

–Oh, sí, claro querida niña, hay mucho tiempo por delante, todo lo sabrás, pero antes debo decirte algo importante.

Los ojos anegados de La Nena la miraban con auténtica devoción. Fapo y Albino escuchaban expectantes.

–¿Recuerdas la conversación que mantuvimos en Valladolid sobre tu madre y... tu padre?

–¿En la posada de Leona, la noche antes de tu detención?

–En la posada de Leona –repitió Melusiana acariciando la mecha rubia de La Nena que el fuego de Toledo había recortado y chamuscado–, la noche antes de mi detención.

–Sí, la recuerdo bien.

–Pues bien hija, me equivoqué: tu padre no es una alimaña, puedes creerme, ni siquiera es un leproso. Tu padre es bueno, más que bueno; es un ángel.

De ese modo transcurrieron los instantes primeros. La Nena mostró la faltriquera con la tierra de la abuela que nunca había abandonado y que de alguna manera pudo haber ayudado a conseguir el reencuentro. La Nena creía en ella. Y Fapo posiblemente también, a raíz de llevarla encima durante la afortunada partida de naipes. Al mencionar la partida, dieron rienda suelta a la conversación. Melusiana supo así con exactitud lo que en realidad ya imaginaba: su detención en Valladolid se debió a Escudero que presionado por ella decidió quitársela de en medio.

–¡Hijo de mala madre! –masculló–. ¡Perro, maldito, sabandija! Nada de esto habría ocurrido sin él, pero ya es tarde para lamentarse.

La Nena contó a la sazón la desagradable sorpresa que se había llevado al descubrirlo en la carabela, provocando en los demás, que aún no lo sabían, un terrible desconcierto.

–¡Os lo dije! –prorrumpió Albino–. ¡Os dije que lo había visto en Sevilla!

–Donde recala por necesidad todo aquel que va a las Indias –dijo Fapo rascándose la frente–. ¡Por san Braulio! Sí que tuve que desplumarle bien para que incluso haya decidido ir a las Indias a reponer su fortuna.

–Y entretanto –concluyó Melusiana–, por Castilla se olvidan poco a poco de sus fechorías, que muchas y graves habrán sido.

Todos asintieron. No era ni con mucho el primer hombre que empobrecido y acosado por asuntos turbios, ponía tierra de por medio (mar, en este caso), y abandonaba Castilla.

–Pero antes –razonó Fapo– ha querido vengarse y deshacerse de nosotros.

Pensaba La Nena en lo inaudito de la coincidencia, en lo casual que resultaba tener dos encuentros de ese calibre en un mismo día, primero Escudero y luego Melusiana, y así se lo comunicó a Fapo, a lo que este respondió que la vida era caprichosa, mostrándose con frecuencia así: tras días vacíos que no ofrecían nada, llegaban otros abundantes, cuya aglomeración de acontecimientos compensaba lo anterior.

–Una tragicomedia, una obra de teatro, eso es la vida –dijo extendiendo los brazos–. Hay escenas sin interés y otras con demasía de él.

Melusiana miró al cielo. Estaba limpio, azul en exceso y la tarde avanzaba sin aminorar su calor. Pero había un olor a nube espesa en el aire que su fino olfato detectaba.

–Veamos –dijo reflexiva–, decís que Escudero habrá malogrado también vuestro viaje.

–No puede haber sido de otro modo –respondió La Nena–, el capitán habló de una denuncia.

–Y denuncia tuvo que haber –dijo Albino–, porque encontrarme donde me encontraron, sin denuncia habría sido imposible. Pero, ¿cómo pudo enterarse de nuestros planes?

Fapo miraba al suelo. El paramento de cubierta se abría por la humedad pasajera más el reseco del sol.

–Tal vez la nota...

–¿La nota? –preguntó Albino–. ¿Qué nota?

–La nota que escribí a Juana, la posadera, antes de dejar Toledo. En ella le decía que marchábamos a las Indias los tres –tras un corto silencio añadió–: Juana no sabe leer.

–Entonces está claro –dedujo Melusiana–. Alguien tuvo que hacerlo por ella, un cliente tal vez... o cualquier persona que deliberadamente pasaba por allí. Amigos, todo indica que os habéis dejado seguir como incautos. En Toledo y en Sevilla. ¡Pero qué poca malicia por vuestra parte, pardiez!

–Nunca lo sabremos con seguridad, pero el caso es que así ha podido ser –dijo Fapo algo humillado.

El desorden del naufragio se iba disipando poco a poco, aunque acaloradas conversaciones sobre las cuantiosas pérdidas materiales producidas por el hundimiento no iban a dejar que el olvido llegara tan pronto. Suerte que tras un recuento informal no se contabilizara ninguna baja humana. La flota, que habitualmente se comunicaba entre sí por medio de un código de señales, lo hacía en esta ocasión con gritos desde las cofas y ahora los grumetes y marineros desplegaban velas para volver a zarpar cuanto antes. Fapo y los chicos se preparaban para el desembarco que, imaginaban, ya no podía tardar. Pero Melusiana dijo:

–¿Quién quiere desembarcar? Ni hablar, nada de desembarco. A las Indias es donde debemos ir. Hay que intentar permanecer a bordo.

Tres pares de ojos la miraron atónitos.

–Pero... –apuntó Fapo señalando tierra con la mano–. Esto que vemos pertenece a Cádiz. ¿No es a Cádiz donde querías llegar?

–Ya no. Ahora me persiguen por partida doble. Por bruja y por prófuga, pocos sitios quedan por aquí donde pueda estar segura.

Eran frases terribles que Melusiana, sin embargo, había soltado con la mayor tranquilidad del mundo. Volvió a mirar al cielo, examinándolo. Aparentemente nada extraño había, ningún cambio climático inminente se apreciaba y el calor continuaba abrasando ese lugar de la tierra, pero a ella le llegaba cada vez más nítido el olor. Olor a viento, a tinieblas, a nubarrones negros, a rugidos del cielo, a lanzas de luz. Como mujer de campo, de vida al aire libre, el firmamento cercano no tenía secretos para ella. Sentía, además, el color verde impregnando de esperanza el horizonte.

–¿Queréis ir a las Indias? –preguntó–. ¿Queréis ir de verdad?

–¿A qué viene eso ahora? –dijo Fapo.

–Contestadme con la mano en el corazón. ¿Os gustaría hacer el viaje?

Un silencio contundente selló los labios de todos como con una mordaza. Fue Albino el primero que lo rompió.

–A pesar de las muchas desgracias que nos han ido pasando –dijo–, yo aún no he perdido las ganas de ir a las Indias, es mi sueño desde siempre.

Y dirigió el rostro hacia occidente, allí, donde tras muchas millas de mar, se encontraría el destino.

Fapo añadió:

–He recorrido Castilla de norte a sur y de este a oeste, y el viejo reino de Aragón con Valencia. Conozco también estas antiguas tierras moras de palmo a palmo; sí, vuestro anhelado sur tiene poco de nuevo para mí. Nada hay ya en esta España de aquí que no hayan visto mis ojos. Y, ¿sabéis?, se me queda pequeña.

–Yo iré donde tú vayas –dijo La Nena con la máxima seriedad–. Ahora que te he encontrado no pienso volver a perderte.

Melusiana de pronto reía exultante y demostraba una gran seguridad. Viéndola, era difícil no entregarse al descanso que suponía delegar la toma de decisiones.

–En ese caso, por mis difuntos que este barco nos lleva a las Indias, vosotros confiad en mí.

Capítulo 22.º

El capitán estaba frente a ellos, el rostro cansado después de los últimos acontecimientos, los ojos tras las lentes más pequeños que nunca.

–Es la hora –dijo dirigiéndose a Fapo–. Los botes se encuentran ya libres. Desembarcad.

Nadie había reparado aún en Melusiana, o de hacerlo, como una náufraga más fue observada, lo que en realidad era. Pero ella conspiraba, planeaba algo. Si la vida era una tragicomedia, aquel era su turno en la obra, su momento de actuar.

–Señor –dijo al capitán–, no son ellos quienes deberían desembarcar, sino un hombre que viaja aquí, y que aunque no lo parezca, es mucho más peligroso.

El gesto adusto del capitán no dejaba dudas sobre la contrariedad que le invadía.

–¿Qué decís? ¿Y quién sois vos? Presentaos.

Melusiana adoptó un aire místico, contenido, y afirmó la voz rodeándola de misterio.

–Soy Melusiana de Osxagavia, nieta de Graciana de Goiburu, curandera reconocida en vida que ahora reposa lejos, bajo tierra pirenaica. Por los conocimientos que me legó y por los poderes con que he sido dotada os digo y aseguro que hay en este barco un hombre peligroso: se llama Martín Escudero y está conjurado. ¿Sabéis lo que eso significa? Todo serán desgracias si se lleva a cabo el viaje con él; el hundimiento del galeón ha sido la primera de ellas.

Ver para creer. El capitán, Fapo, La Nena y Albino la miraron espantados.

–¿Conjurado? –dijo el capitán–. ¿Conjurado por quién?

Melusiana rezó para que el capitán no fuera un pragmático cabal, sino uno más de los muchos crédulos supersticiosos que poblaban la tierra conocida, como cualquiera de los que la habían empujado a la desgracia.

–Conjurado por mí –dijo, y se golpeó el pecho con la mano. Ya estaba dicho. Conquistaría la libertad con aquello que la había encarcelado; lo que la mataba le iba a hacer vivir–. ¡Escudero! –gritó entonces alzando su voz sobre el resto de los sonidos–. ¡Martín Escudero, comparece aquí delante y demuestra si eres capaz de mirarme a los ojos!

Se produjo un silencio absoluto que, de pronto, abarcó la totalidad de la nave.

–¡Escudero! –insistió Melusiana todavía más fuerte–. Soy Melusiana de Osxagavia y he vuelto del mismo infierno a por ti. ¿Me reconoces?

Ni un sonido se escuchaba, nada que delatara el paradero del hombre, pero La Nena lo descubrió. Estaba encogido junto al bauprés, oculto tras una montaña de maromas.

–¡Es él, Melusiana, es él! –gritó señalándolo con el dedo pues sabía que su ama no conocía su aspecto–. ¡Se esconde de ti porque solo es un cobarde!

Escudero se vio en la obligación de incorporarse ante las miradas curiosas de la gente. Lentamente, como si le crujieran los huesos. El capitán le llamó y tuvo que acercarse. Vacilaba, lo que podía apreciarse bien si uno se fijaba en el movimiento aturdido de sus piernas. Tropezó, cayó al suelo, se lastimó una mano, se levantó con esfuerzo de anciano. Ni la elegante ropa de montar que en otro tiempo llevara parecía ahora la misma y él ya no era ni la sombra del que Fapo conoció aquel día a caballo, conversador y gallardo, por el camino a Toledo.

–Tú... –gruñó señalando a Melusiana–, no puede ser... tú estás... muerta, yo lo vi.

Y desde luego no la miraba a los ojos.

Melusiana rio trágica y siniestra, atravesando los tímpanos del auditorio.

–¿Muerta? Ja, ja, ja. ¡Muerto estará bien pronto aquel que haya sido conjurado!

La situación se descontrolaba, el capitán puso orden. Melusiana mudaba la voz, había dejado de reír; de su mirada salía fuego. De frente ahora al capitán soltó su terrible veredicto: si accedía a llevarlos a las Indias pondría al servicio del barco sus útiles conocimientos de curandera. Si, por el contrario, se negaba, todo el saber de los grandes nigromantes que le había sido revelado por su abuela sería utilizado, muy a su pesar, en contra de él y de la flota.

Y rubricó sus palabras marcando sobre su propia frente una cruz invertida como había visto que hacían los más oscuros alquimistas en los grabados a imprenta de un incunable que cierto día tuvo en su poder.

–¡Nigromantes! –dijo el capitán–. Pero ¿qué tontería es esa?

Y Melusiana explicó que aquellos que para averiguar secretos y adueñarse de voluntades ajenas invocaban a las fuerzas negativas, fueron llamados nigromantes.

–Pero hoy en mi tierra no los llaman así; nos llaman simplemente...

–¡Basta! –la interrumpió el capitán a gritos perdiendo la paciencia–. ¡Las amenazas no me amedrentan! ¡Fuera los cuatro ahora mismo de aquí o soy capaz de bajar a puerto y denunciaros! –y señaló el bote salvavidas preparado a babor, esperando.

No iba a tomar represalias, la bruja en cuestión casi le daba risa. O lástima. Quería zanjar el asunto cuanto antes.

Entonces una abubilla cruzó volando la *San Ildefonso.* Todos repararon en ella. Tenía un plumaje bello y exótico que contrastaba con la monotonía de su canto. Era el signo evidente de que el diablo estaba siendo invocado, cuestión que formaba parte de la sabiduría popular. Al alejarse, el ave dejó sobre el barco como una huella su fuerte y pestilente olor.

El olor. Melusiana olía muchas cosas que pasaban desapercibidas al resto de la gente. Olía, por ejemplo, el temor de los otros debido a una sustancia que segrega el cuerpo ante situaciones de miedo. Olía la tormenta antes de que se desencadenara en el cielo. Nunca fallaba. Olía los sucesos. Supo así que, habiendo llegado el desenlace de la tragicomedia, el momento culminante entraba dentro de su papel asignado, y ahora ella lo tenía que representar. Pero ¿cuánto tiempo duraría? Miró al cielo, olfateó el aire. Poco, decididamente poco. Comenzó a recitar un conjuro extraño, poniendo los ojos en blanco.

–*Aquerragoiti, aquerrabeiti*[7]... –dijo con voz cavernosa en su idioma.

El silencio llenó el navío. También el capitán enmudeció. Fapo y los chicos la miraban, Escudero no controlaba sus nervios. Después de un largo discurso incomprensible Melusiana cerró los ojos, elevó los brazos cuanto pudo y esperó. Vista así, parecía una auténtica hechicera.

Primero fue la brisa que trajo las nubes, muy negras, espesas, muy bajas; en pocos minutos habían formado una capota oscura en el cielo. El viento aumentó, pujante y bochornoso; pronto se volvió huracán y jugaba con las velas. La mar estaba gruesa. Luego surgieron los rayos, los fragosos truenos; enseguida comenzó a llover. Otra vez reinó la confusión y los gritos marineros se sucedieron.

–¡Replegad velas! ¡Afirmad el ancla!

El cielo se volvió espantoso, nido de truenos y relámpagos. Sus entrañas quebradas vomitaban un manto de agua tupido, como tela de mortaja. El casco de la *San Ildefonso* bailaba

7. «Macho cabrío arriba, macho cabrío abajo...».

en las olas como una cáscara de nuez. Algún navío se acercaba peligrosamente a otro. De ocurrir una colisión habría que sumar al fatal accidente del *Gladiador* otro nuevo naufragio.

–¡Afirmad el ancla! –repetían los gritos–. ¡Echad lastre! ¡Que la tormenta no nos empuje a la Barra!

La Barra se presentaba, desde luego, como el peligro más amenazante, a tan poca distancia del arrecife se encontraban, y teniendo la experiencia reciente del hundimiento del galeón.

La tripulación luchaba contra la tormenta, los pasajeros, mareados y empapados, se aferraban a cabos y palos para no perder el equilibrio. Las velas recogidas en las vergas se soltaban. Los aperos y herramientas de la nave se desparramaban por cubierta, algunos caían al mar. En la bodega, las pipas de vino y los toneles de grano rodaban velozmente liberando su contenido y el agua que cubría el suelo había crecido varios palmos. Se escoraba la *San Ildefonso* a babor y a estribor, danzando a merced de las olas desatadas. Así transcurrieron largas horas en las que ya nadie provocaba a nadie, nadie era enemigo de nadie, hermanados todos en un esfuerzo común. Fue aquella una tormenta sonada. Mucho tiempo después se seguiría hablando de ella en Sanlúcar, de su furia desatada, y se la temería por siempre, especialmente en esos días de verano de calor denso y asfixiante que favorecían la tempestad...

Amanecía por fin un nuevo día. El sol asomaba por oriente limpio, sin trabas, el mar reposaba en calma. La tormenta, aun habiendo terminado hacía escasas horas, comenzaba a formar parte del recuerdo. Larga y muy intensa, había dejado a su paso heridos no graves, pérdidas notables y cuantiosos destrozos materiales, pero la Expedición de Agosto con destino a Cartagena de Indias reanudaba la marcha con un galeón menos, rumbo sur, por ese inmenso mar océano que ahora los acogía quieto, enorme, brillante y azuloso, como el lomo de una ballena dormida.

En el momento de zarpar, la flota despidió con dos cañonazos lanzados al aire a la mayor parte de la tripulación del *Gladiador* que retornaba en botes a Sevilla. Su presencia sin buque, era inútil en la expedición. Fue sin duda una triste y forzosa despedida en la que, de una manera u otra, todos los que abandonaban el viaje habían perdido algo.

Escudero iba con ellos, río arriba, tan ensimismado y taciturno que parecía un penitente en oración. Estaba sucio, herido, mojada aún su ropa y apelmazado su corto cabello, tan asustado y descompuesto que costaba reconocerlo. Solo la bien recortada barba bordeando su rostro anguloso recordaba al apuesto gentilhombre que un día el mundo había creído que era. Escudero regresaba, desertaba de su proyecto, escapaba, y por ello había suplicado al capitán la autorización de su desembarco. Para corroborar su decisión, se había desprendido, además, de su pasaje con licencia.

–Olvidaos de este papel –dijo al capitán antes de dejar la *San Ildefonso*–, no lo quiero, no existe. –Y enfatizó sus palabras lanzando el documento al aire.

Ni muerto viajaría allí, en esa carabela. Nunca, en mil años que viviera, volvería a acercarse a una bruja, hechicera, encantadora, maga, astróloga, herbolaria, curandera, o cualquier otra cosa que se le pareciera, y a partir de ese momento, amén de recurrir a todo tipo de antídotos para el mal de ojo, rogaría al cielo día y noche para que la maldad de esa mujer le abandonara. A ello dedicaría sus esfuerzos y su vida.

Y el pasaje de Escudero sobrevoló diversas cabezas con la suavidad de una pluma, realizó tres círculos amplios, abiertos, se asomó por la cubierta al mar, y, finalmente, regresando, se posó con sutileza sobre las manos de Albino, que, como cosa natural, lo recogió.

En la cubierta de la *San Ildefonso* Fapo, La Nena y Albino prestaban su ayuda al restablecimiento del orden. Era importante el destrozo que la caótica tormenta había dejado a su paso, se tardaría mucho en conseguir que todo apareciera más o menos como antes, e incluso ciertas piezas de la nave nunca volverían a funcionar. Entre faena y faena sonreían. No miraban a Escudero, cuya silueta imaginaban visible dentro del bote que lo remontaba y al que definitivamente habían archivado como asunto cerrado, como el pasado nada más. Miraban al futuro, miraban al mar. Después, durante un corto descanso, sentados junto al bauprés que apuntaba siempre al frente, conversaban con ilusión sobre todo aquello que seguramente les esperaba. Una nueva vida. Sin persecuciones, sin recuerdos, sin pasado.

–Nueva y buena para todos –dijo Fapo repitiendo antiguas palabras con los ojos entornados y la voz llena de entusiasmo.

Melusiana se unió a ellos. Venía fatigada y ojerosa. El trabajo junto al barbero y el cirujano de a bordo estaba siendo arduo: colocar luxaciones, entablillar brazos, curar y suturar heridas, aplicar apósitos y vendajes, suministrar calmantes y pócimas... Qué gozo retomar sus viejos conocimientos por un tiempo aparcados, qué bueno volver a sanar. Tras la tempestad, y viendo que la mujer podía ser útil, el capitán (que nunca creyó en sus poderes nigromantes) consintió llevar a cabo un importante cambio de planes: a ella la autorizó a quedarse a bordo. No era el único caso, algunos náufragos del *Gladiador* viajarían de igual manera, repartidos por diversos barcos de la flota. Hizo lo mismo con La Nena, pasajera libre y con licencia a la que nada había que reprochar y con Fapo, cuyo repertorio de romances bien podía amenizar los largos y aburridos días de travesía haciendo olvidar ciertos problemas pasados. Y con Albino, pobre diablo, que a los ojos de la ley era ya un individuo libre, pues su deuda para con la *San Ildefonso,* con los veinte azotes, había quedado saldada. Además su situación acababa de dar un giro: ahora tenía en su poder un documento a nombre de Macías Espartín (¿auténtico nombre de Escudero?), segoviano, que lo acreditaba y autorizaba como pasajero.

–Y sabed que os ayuda a quedaros que no quiero líos –les dijo el capitán en su camarote, terriblemente cansado tras la dura noche en vela–, solo quiero zarpar, zarpar y llegar a las Indias sin demasiado retraso. Si me tomo en serio tu conjuro y lo denuncio –dijo mirando a Melusiana sin un ápice de respeto– aquí se forma un juicio de cuidado.

¿Merece la pena retrasar a toda la flota todavía más? Así que voy a pensar que solo eres una embaucadora, una simple y vulgar farsante. Nada más. –Cruzó las manos en el aire y sin que llegaran a tocarse las separó–. Caso cerrado. Aquí no ha pasado nada.

Y mandó desalojar el habitáculo.

De esa manera ocurrió, y en realidad los cuatro amigos jamás hubieran imaginado que los hechos se resolvieran tan favorablemente para ellos, pero ahora, repasándolos, unos y otros veían razonable el desenlace. Por fin partían a las Indias, juntos, felices, con las alforjas vacías y la cabeza llena de proyectos.

–¡Embaucadora! ¡Farsante! –exclamó Albino contrariado frotándose los ojos–. ¿Has oído, Melusiana? Te ha llamado embaucadora y farsante. Yo no lo consentiría...

Melusiana, como respuesta, había meneado suavemente la cabeza.

Ya no se veía tierra, solo azul y más azul, unión del cielo y el mar. Melusiana, Fapo y los chicos decían adiós a la vieja España, pronto saludarían a la nueva, la Nueva España de riquezas y oportunidades donde ninguno se sentiría extranjero. Despedían todo el cansancio de leguas y leguas huyendo, despedían el frío y el hambre, el calor exagerado, despedían el cuerpo exhausto y lacerado por heridas (algunas no curarían), despedían aquellas ciudades, ríos, montañas y senderos que habían descubierto en el camino, lugares de nombres extraños que nunca retuvieron, otros que aprendieron y olvidaron, y tuvieron un recuerdo para tanta gente buena como habían conocido:

Dimas, Leona, los amigos de Albino, Juana la posadera, el oidor, que serían para siempre una presencia en su memoria. También evocaron a sus muertos e igualmente los despidieron, en este caso con una oración. Pero fueron oraciones muy distintas que ellos emitieron en silencio.

–Un pasado común... –dijo Fapo aludiendo a la famosa asociación de orígenes–... y ¿un futuro juntos?

No se refería a nadie en particular y sí a todos en general pero miró sonriendo a La Nena.

–Sería maravilloso –contestó ella apartando su rebelde mecha rubia de la frente, mientras levantaba la cabeza para encontrar sus ojos.

Melusiana sacó la faltriquera con la tierra de la tumba de la abuela, el eficaz amuleto que tanto bien les había proporcionado. La contempló unos instantes. Después, con un impulso largo y brusco, dirigió su mano a las aguas y la lanzó.

–¡Melusiana! –gritó La Nena abandonando repentinamente la mirada de Fapo–. ¡La tierra! ¿Qué haces?

La faltriquera flotó a la deriva unos instantes, se mezclaba con la espuma de las olas que formaba el barco. Poco a poco se hundía, se dejaba de ver.

–No la necesitamos allí donde vamos, ya no.

Por lo visto Melusiana decía también adiós a muchas otras cosas.

Largo rato estuvo la mujer observando el océano. Luego inspiró y retiró la humedad que salpicaba su cara. Se frotó las manos para deshacerse de los ungüentos adheridos. Estaban callosas y maltratadas. Escupiéndose ligeramente en las palmas, peinó el cabello de La Nena, que se desordenaba por el viento. Primero decidió hacerle las trenzas, pero apenas había largura y lo pensó mejor:

–Estas preciosa con el pelo así, Mirena –dijo llamándola por vez primera por su nombre–, suelto y al aire. Ya vas siendo mayor, quizás debamos decir igualmente adiós a las trenzas.

Entonces Fapo comprobó que no había reparado en ello, pero que era cierto que, de pronto, parecía mayor. Y algo incipiente se revelaba bajo el sucio vestido de la niña, firme y pegado a la piel, como un fruto recién brotado. Incluso a Albino se le veía ahora como un chico de más edad. Era evidente que el largo viaje los había curtido y madurado.

Mientras Fapo meditaba en todas esas cosas, Albino oteaba el amplio horizonte a través de la nebulosa de sus ojos enfermos; a ratos los escondía, descansando por unos momentos de aquel exceso de luz.

–En cuanto nos instalemos, haré que un buen entendido te vea esos ojos –dijo Fapo descubriendo en voz alta sus pensamientos sobre Albino.

Pero en cambio enmudeció cuando los pensamientos recayeron en Mirena.

«Tal vez un día, no muy lejano, se convierta en la criatura más bella, más graciosa y más cautivadora de la tierra –se dijo entre admirado y divertido sin poder dejar de contemplarla– en las Indias..., quién sabe..., tal vez...».

Índice

Uno: Melusiana

Capítulo 1.º 9
Capítulo 2.º 16
Capítulo 3.º 21
Capítulo 4.º 37

Dos: Albino

Capítulo 5.º 45
Capítulo 6.º 57
Capítulo 7.º 65

Tres: La Nena

Capítulo 8.º 75
Capítulo 9.º 84
Capítulo 10.º 92

Cuatro: Mirena

Capítulo 11.º 105
Capítulo 12.º 120

Cinco: Fapo

Capítulo 13.º 139
Capítulo 14.º 154
Capítulo 15.º 169
Capítulo 16.º 178
Capítulo 17.º 191
Capítulo 18.º 198
Capítulo 19.º 209
Capítulo 20.º 217
Capítulo 21.º 232
Capítulo 22.º 246

Marisol Ortiz de Zárate

Reside en Vitoria, su ciudad natal. Su inclinación a la lectura la llevó a experimentar en el campo de la escritura y en 2002 publicó su primera novela: *Los enigmas de Leonardo,* de contenido histórico. En Editorial Bambú tiene publicada *La canción de Shao Li,* que ha recibido numerosos éxitos de crítica. Aficionada a los viajes, se documenta in situ y recorre los lugares de sus novelas como si de un personaje se tratara. Es autora además de varios cuentos infantiles.

Su obra ha sido galardonada con varios premios de relato corto en diversos certámenes literarios.

Bambú Exit

Ana y la Sibila
Antonio Sánchez-Escalonilla

El libro azul
Lluís Prats

La canción de Shao Li
Marisol Ortiz de Zárate

La tuneladora
Fernando Lalana

El asunto Galindo
Fernando Lalana

El último muerto
Fernando Lalana

Amsterdam Solitaire
Fernando Lalana

Tigre, tigre
Lynne Reid Banks

Un día de trigo
Anna Cabeza

Cantan los gallos
Marisol Ortiz de Zárate

Ciudad de huérfanos
Avi

13 perros
Fernando Lalana

Nunca más
Fernando Lalana
José M.ª Almárcegui

No es invisible
Marcus Sedgwick

Las aventuras de George Macallan. Una bala perdida
Fernando Lalana

Big Game (Caza mayor)
Dan Smith

Las aventuras de George Macallan. Kansas City
Fernando Lalana

La artillería de Mr. Smith
Damián Montes

El matarife
Fernando Lalana

El hermano del tiempo
Miguel Sandín

El árbol de las mentiras
Frances Hardinge

Escartín en Lima
Fernando Lalana

Chatarra
Pádraig Kenny

La canción del cuco
Frances Hardinge

Atrapado en mi burbuja
Stewart Foster

El silencio de la rana
Miguel Sandín

13 perros y medio
Fernando Lalana

La guerra de los botones
Avi

Synchronicity
Víctor Panicello

La luz de las profundidades
Frances Hardinge

Los del medio
Kirsty Appelbaum

La última grulla de papel
Kerry Drewery